아무도
미워하지 않는
자의 죽음

아무도
미워하지 않는
자의 죽음

잉게 숄 지음
송용구 옮김

평단

추천의 글

한국 사람들에게 유관순 열사가 있다면 독일 사람들에게는 한스 숄Hans Scholl과 소피 숄Sophie Scholl이 있습니다.

예전에 어떤 프로그램에서 같이 출연한 한 기자가 이런 말을 했습니다.

"요즘은 우리가 젊은이들을 보고 왜 철 안 드느냐 혼내는데 사실은 철 늦게 드는 게 너무나 다행한 일이에요. 그만큼 나라가 안전하다는 거거든요. 젊은이들이 20대 초반부터 목숨을 잃을 위험성을 무릅쓰고 독립운동을 하고 나라를 위해서 자기 가족도, 자기 목숨도 바쳤던 게 얼마나 안타까운 일이에요."

일제강점기와 동시에 유럽 대륙과 온 세상이 인류 역사상 제일 어두운 시대에 들어갔을 때 독일에서 너무 일찍 철든 '백장미'.

그들은 한 나라의 빛이 되었습니다.

우리가 절대 잊으면 안 되는 젊은 학생들의 용기.

부디 앞으로 다시는 이런 용기, 그리고 이런 철듦이 우리 젊은이들에게 요구되지 않기를 간절히 빕니다.

2021년 1월

다니엘 린데만(독일 출신 방송연예인)

프롤로그

　스탈린그라드시市에서 일어난 전쟁이 막을 내린 2월의 봄날이었습니다. 나는 뮌헨에서 졸렌으로 향하는 교외선 열차에 몸을 싣고 있었죠. 내 옆자리에 앉은 나치 당원 두 사람이 얼마 전 뮌헨에서 일어난 사건에 대해 자기들끼리 비밀스럽게 소곤거리고 있었습니다.

　"자유를 달라!"는 구호가 대학교 곳곳에 커다랗게 쓰여 있었고, "히틀러 타도"라는 구호가 적힌 종이는 거리 곳곳에 붙어 있었습니다. '항거'를 부르짖는 전단이 흩날려 도시 전체가 두려움에 흔들리고 있었습니다. 겉으로 보기에는 모든 것이 지금과는 다를 바 없이 평온해 보였습니다. 시민들의 일상생활도 여느 때와 같았습니다. 그러나 눈에 잘 띄지 않는 은밀한 곳에서는 무언가

변화가 일어나고 있다는 것을 알 수 있었습니다. 내 옆자리에 서로 마주 보고 앉아 머리를 맞대고 비밀스러운 말을 주고받는 두 남자의 대화에서 나는 그것을 감지했습니다. 그들은 갑자기 전쟁이 끝나는 때가 오면 어떻게 행동해야 좋을지를 염려하며 의논하고 있었습니다.

"자살하는 것밖에는 다른 방법이 없어."

둘 중 한 사람이 그렇게 말하면서 갑자기 눈을 돌려 힐끗 나를 건너다보았습니다. 혹시나 내가 엿듣지는 않았는지 걱정되는 눈치였습니다.

그런 일을 겪은 지 며칠 후, 거리 곳곳에는 동요하는 시민들의 마음을 안정시키기 위한 플래카드가 걸렸습니다. 열차 안에서 내 옆자리에 있었던 두 남자는 과연 이 플래카드를 보고 안도의 한숨을 내쉬었을까요? 불타는 듯한 붉은색 플래카드에는 다음과 같은 글이 적혀 있었습니다.

국가 모반죄로 사형을 선고함
크리스토프 프롭스트, 24세

한스 숄, 25세

소피 숄, 22세

형은 이미 집행되었음

언론은 이 모반자들에 대해 대대적으로 보도했습니다. 이들이 저지른 행동만으로도 민족공동체에서 제거되는 것은 매우 당연한 일이라고 기사를 내보냈습니다. 이에 그치지 않고 수백 명이 더 체포되어 사형 판결을 기다리는 중이라는 소식이 전해졌습니다. 이 소식은 시민들에게 화제가 되었습니다. 그러자 국민법정의 재판장이 베를린에서 비행기를 타고 뮌헨에 왔습니다. 재판을 재빨리 마무리 지으려는 속셈이었죠. 이어지는 두 번째 재판에서 또 사형이 선고되고 집행되었습니다.

빌리 그라프

쿠르트 후버 교수

알렉산더 슈모렐

이 사람들이 무슨 일을 한 것일까요? 이들에게 씌워진 죄목은 무엇일까요? 한편에서는 이들을 조롱하고 모욕하는가 하면, 한편에서는 이들을 '자유의 영웅들'이라고 칭송하기도 했습니다. 하지만 이들을 '영웅'이라고 부를 수 있을까요? 이들의 행위는 결코 초인적超人的인 것이 아니라 지극히 인간적人間的인 것이었습니다.

이들은 무언가 단순한 것을 옹호했습니다. 개인의 권리와 자유를 위해서, 개인의 자유로운 발전과 자유로운 삶을 위해서 무언가 단순하고 당연한 것을 지켜냈을 뿐입니다. 이들은 특별한 이념을 위해 헌신한 것이 아니었습니다. 위대한 목표를 추구한 것도 아니었습니다. 이들이 원한 것은 여러분과 저 같은 사람들이 모두 인간적인 세상에서 살아가는 것뿐이었습니다.

어쩌면 이들의 위대함은 가장 단순하고 가장 당연한 인간의 권리를 지켜내기 위해 온 힘을 쏟고 생명까지 바쳤다는 데 있는지도 모릅니다. 들끓는 열광, 위대한 이상理想, 숭고한 목표, 잘 짜인 조직, 선한 일을 반드시 해야 한다는 의무감, 이런 것들 없이 홀로 고독하게 자신의 생명을 기꺼이 바친다는 것은 어려운 일일 것입니다.

　진정한 영웅이란 위대한 일들에 대해 이야기를 나눈 뒤에라도 자신 가까이에 있는 작은 일과 일상을 지켜내기 위해 굳센 의지로 분투하는 사람인지도 모르겠습니다.

　우리 남매들이 유년 시절을 보낸 탄광炭鑛 골짜기의 평온한 작은 도시는 외부의 큰 세상과 동떨어져 단절된 곳이었습니다. 바깥세상과 우리 마을을 이어주는 유일한 연결 고리는 멀고 험난한 길을 달려 마을 주민을 기차역으로 데려다주는 노란색 우편마차였죠. 그곳의 시장이었던 우리 아버지께서는 바깥세상과의 단절로 주민이 겪는 손실을 염려해 외부로 통하는 철도를 부설하

셨습니다. 이 과정에서 융통성 없고 고집 센 수많은 농부와 끈질기게 싸웠지요.

그러나 해가 뜨고 지는 지평선이 세상의 끝이 아니라는 것을 알게 되기 전까지는 우리에게 이 도시는 작은 곳이 아니었습니다. 여전히 넓고 찬란한 곳으로 여겨졌지요.

그러던 어느 날 우리는 이삿짐을 들고 그토록 타보고 싶어 했던 기차에 몸을 싣게 되었습니다. 슈바벤 지방의 고산 지대를 지나 먼 곳으로 집을 옮겼지요. 우리의 새로운 고향이 될 도나우 강변의 도시 '울름'에 도착했을 때 우리 모두 놀라움에 사로잡히고 말았습니다. 울름, 그곳은 장대한 대성당의 우람한 종소리의 울림 같았습니다.

우리도 처음에는 고향을 그리워하는 애달픈 마음에 빠져들었습니다. 그러나 언제 그랬느냐는 듯이 곧 여러 가지 새로운 것들에 관심이 쏠렸답니다. 특히 우리 다섯 남매가 입학했던 상급학교는 가장 큰 관심의 대상이었습니다.

'나치' 제복을 입고 있는
아돌프 히틀러Adolf Hitler_1889~1945

　어느 날 아침, 나는 학교 계단을 오르며 같은 반 친구
가 다른 친구에게 하는 말을 들었습니다.

　"히틀러가 정권을 잡았대."

　라디오와 일간 신문들도 다음과 같이 보도했습니다.

　"이제는 히틀러 총통이 나라를 다스리게 되었으니 독
일의 모든 것이 더 나아질 것이다."

처음으로 우리의 생활에 정치가 끼어들었습니다. 그때 한스는 열다섯 살의 소년, 소피는 열두 살의 소녀였습니다. 그때부터 우리는 조국, 동포애, 민족공동체, 향토애 따위의 말들을 귀에 익도록 들었습니다. 이런 말들은 우리를 감동하게 했고 학교에서나 길거리에서 이 말들이 들려올 때마다 열정적으로 귀를 기울였습니다.

그건 우리가 고향을 사랑했기 때문입니다. 가파른 골짜기의 과수원과 포도원 사이에 고개 들고 서 있는 고향의 늙은 잿빛 바위와 강과 숲을 너무나 사랑했기 때문입니다. 고향을 추억할 때마다 이끼의 향과 물무늬 어린 대지와 향기로운 사과들이 마음속에 새겨지곤 했습니다. 우리의 발길이 닿은 고향의 모든 곳에서 포근하고 다정한 느낌을 받았습니다.

'조국'도 고향과 다르지 않습니다. 같은 말을 사용하는 같은 민족이 사는 더 큰 고향이나 다름없지요. 우리는 바로 그 조국을 사랑하면서도 사랑하는 이유를 말할 수 없었습니다. 그때까지 사람들은 조국에 대해서 별다른 말을 하지 않았으니까요.

그러나 이제는 '조국'이라는 글자가 어마어마하고 휘황찬란하게 하늘의 노트에 적혀 있습니다. 그리고 어디를 가든지 우리의 귀에 맴도는 것은 히틀러에 관한 이야기였습니다.

히틀러가 이 조국에 위대함, 행복, 복지를 보장해줄 것이라고, 히틀러가 독일 국민 모두에게 일자리와 빵을 줄 것이라고, 모든 독일인이 독립적이고 자유로우며 행복한 삶을 누릴 때까지 히틀러가 쉼 없이 일할 것이라고, 사람들은 어디에서나 그에 관한 말을 입에 올렸습니다. 우리는 그것을 선한 뜻으로 받아들였습니다. 우리도 할 수만 있다면 언제든지 그 일에 힘을 보탤 것이라고 마음먹었습니다.

그러나 우리가 생각하지 못한 무언가 다른 것이 신비로운 힘으로 우리를 잡아끌었습니다. 그것은 펄럭이는 깃발을 치켜들고 눈동자를 앞으로만 향한 채 북을 두드리고 노래를 부르며 행진하는 '히틀러 유겐트'의 군대식 행렬이었습니다. 분명 무언가 압도하는 힘을 가지고 있었습니다. 그러니 한스와 소피를 비롯한 우리 모두가

이 '히틀러 유겐트'의 회원이 된 것은 조금도 이상한 일이 아닙니다.

우리의 육체와 영혼은 그 공동체에 푹 빠져 있었습니다. 아버지께서 우리가 회원이 된 것을 좋아하시지도 자랑스러워하시지도 않는 것을 우리는 이해할 수 없었습니다. 우리의 생각과는 달리 아버지께서는 매우 언짢아하시면서 이렇게 말씀하시곤 했습니다.

"그 사람들을 믿어서는 안 된단다. 그들은 곰을 쫓는 사냥꾼이야. 늑대일 뿐이라고. 생각만 해도 끔찍하지. 그들은 결국 독일 민족을 파멸로 몰고 갈 거야."

아버지는 가끔 히틀러를 피리 소리로 아이들을 유혹해 죽음으로 몰고 가는 '하멜른의 쥐 몰이꾼'에 비유하셨습니다. 그러나 아버지의 말씀을 듣는 건 우리가 아니라 허공의 바람이었습니다. 우리를 그 공동체에서 탈퇴시키려는 아버지의 노력은 우리의 맹목적인 열정 때문에 아무 소용이 없었습니다.

우리는 '히틀러 유겐트'의 동료와 함께 우리의 새로운 고향이 된 슈바벤 지방의 고원 지대를 두루 돌아다녔습니다. 힘이 들고 기나긴 여정이었지만, 충천하는 용기로 열광하고 있었기 때문에 힘이 드는 줄도 몰랐습니다. 사람들을 하나로 아우르고 결속시키는 그 무언가를 갑자기 가지게 된다는 것이 젊은 사람들에게는 자랑스럽고 대단한 일이 아니었을까요?

저녁이면 우리는 함께 모여 소리 내어 책을 읽거나 합창을 했습니다. 연극을 하거나 재미있는 만들기 놀이를 하기도 했지요. 우리는 장차 위대한 일을 하기 위해 살아야 한다는 말을 듣기도 했습니다. 우리를 이끄는 그들이 지나치다 싶을 정도로 우리를 진지하게, 아주 진지하게 돌보아주었기 때문에 우리는 특별한 힘을 얻어 더욱 적극적으로 행동하게 되었습니다.

10대에서 성인에 이르기까지 단 한 사람의 예외도 없이 우리 모두는 존엄성을 인정받고 위대한 조직의 구성원이 되었다고 믿었습니다. 온 국민이 창조해가는 하나의 과정과 하나의 운동에 우리가 동참하고 있음을 느꼈습니다. 그런 까닭에 우리를 성가시게 하거나 우리의 취향에 맞지 않는 수많은 것은 사라져야 한다고 믿게 되었지요.

긴 여행 중 별이 빛나는 드넓은 하늘 밑에서 야영을 하게 된 어느 날, 열다섯 살의 여학생이 텐트 안에서 별 안간 이런 말을 했습니다.

"모든 것이 밤하늘의 별처럼 아름다우면 참 좋을 텐데…… . 나는 유대인들을 박해하는 일만큼은 도무지 이해할 수 없어."

그 말을 듣자마자 여성 지도원이 참견을 했습니다.

"히틀러 총통은 자신이 해야 하는 일의 의미가 무엇인지를 분명히 아는 분이란다. 위대한 일을 위해서는

'히틀러 유겐트Hitler Jugend'의 북 치는 소년들

아무리 어려운 것이나 이해할 수 없는 것이라도 다 받아들여야만 해."

그러나 소녀는 이 말이 썩 마음에 들지 않았습니다. 다른 사람들도 그 소녀와 같은 생각이었습니다.

갑자기 누군가 부모님이 계신 집에 대해 이야기하는 소리가 들려왔습니다. 그날 밤은 그다지 유쾌하지 않은 야영이었습니다. 하지만 우리는 지칠 대로 지친 상태였고, 그다음 날은 날씨가 화창한 데다 해야 할 여러 일이 잠시의 틈도 없이 이어지는 바람에 유쾌하지 않았던 전날 밤의 이야기는 언제 그랬느냐는 듯이 잊고 말았습니다. 어쩌면 각자 스스로에게 최면을 건 것인지도 모르겠지만, 어느덧 우리에게는 사춘기의 정서적 어려움과 외로움을 떨쳐버리게 하는 일종의 동지의식 같은 것이 생겨났습니다.

한스는 노래를 무척 좋아했습니다. 우리는 그 아이가 기타를 치며 노래를 흥얼거릴 때마다 그 멜로디를 즐겨 들었습니다. 한스는 '히틀러 유겐트'의 노래뿐만 아니라 세계 여러 나라와 민족의 민요도 불렀습니다. 한스가 러시아나 노르웨이의 민요를 부를 때는 어두우면서도 사람의 마음을 끌어당기는 애수에 젖은 멜로디가 울려나와 모두가 그 마력에 홀리는 듯했습니다. 민요만큼 그들의 고향과 그곳의 정서를 말하는 데 탁월한 것이 또 있을까요?

그러나 얼마간의 시일이 흐른 뒤 한스에게 꺼림칙한 변화가 일어났습니다. 그는 더 이상 예전의 한스가 아니었습니다. 그의 인생을 교란하는 무언가가 밀려 들어온 것입니다. 그것은 아버지의 만류 때문에 일어난 일이 아니었습니다. 결코 그 때문은 아니었습니다. 아버지가 극구 말리셨다고 해도 한스는 아버지의 말을 못 들은 척 고집을 꺾지 않았을 테니까요.

무언가 다른 사정이 있었습니다. 노래를 불러서는 안 된다고 지도원이 한스에게 말했던 것입니다. 한스가 그 말을 웃어넘기려 하자, 지도원은 한 번만 더 노래를 부르면 엄벌을 받게 될 것이라고 엄포를 놓았습니다.

한스는 도무지 이해할 수 없었습니다. 도대체 왜 아

름다운 멜로디가 넘실거리는 노래를 불러서는 안 된다는 겁니까? 다른 민족의 노래이기 때문인 건가요? 노래를 부르면 안 된다는 중압감이 한스의 마음을 억눌렀습니다. 낙천적인 그의 성격이 흔들리기 시작했습니다.

이 시기에 한스는 아주 특별한 임무를 부여받았습니다. 뉘른베르크에서 열리는 나치 전당대회에 자신이 속한 단체의 대표로 깃발을 들고 참석하라는 것이었습니다. 이 임무를 맡게 되자 한스는 크게 기뻐했습니다. 그러나 그가 뉘른베르크에서 돌아왔을 때 우리는 우리의 눈을 의심하지 않을 수 없었습니다.

한스는 몹시 피곤한 기색이었고, 그의 얼굴은 환멸로 가득 차 있었습니다. 우리는 그에게서 어떤 설명도 기대할 수 없었습니다. 그러나 우리는 점차 사실을 알게 되었습니다. 한스에게 이상으로 생각되었던 '히틀러 유겐트'는 그가 머릿속에 그려왔던 모습과는 전혀 다른 공동체라는 것을 말이죠.

뉘른베르크에는 개인의 사생활까지 획일화시키는 문화가 만연해 있었고, 그런 훈련이 이뤄지고 있었던 것입니다. 한스가 원하는 건 공동체에 참여한 젊은이들이 저마다 잠재된 재능을 일깨워 발전시키는 것이었습니다. 공동체에 속한 젊은이들이 각자 고유의 특성을 살려 자신만의 비전과 재능과 적성으로 공동체의 번영에 도움을 주길 원했던 것입니다. 그러나 뉘른베르크에서는 모든 것이 천편일률적으로 짜 맞춰진 틀에 의해 진행되었습니다. 밤이나 낮이나 사람들이 주고받는 이야기라곤 충성심에 관한 것뿐이었습니다.

그 모든 충성심을 떠받드는 토대는 도대체 무엇이란 말입니까? 그 '충성심'이란 것도 우선 자기 자신을 위하는 일에서부터 생겨나는 것일 텐데……. 안타깝게도 한스의 마음속에서 바로 이 문제가 갈등의 폭풍이 되어 휘몰아치기 시작했습니다.

곧이어 한스를 더욱 불안하게 만드는 일이 발생했습니다. 지도원 중 한 사람이 한스가 즐겨 읽는 작가의 책을 빼앗아간 것입니다. 그 책은 슈테판 츠바이크의《인간성이 별처럼 빛나는 시간》이었습니다. 그 책이 금서 처분을 받았다는 말을 들은 적은 있지만 그 이유에 대해

오스트리아의 소설가 슈테판 츠바이크
Stefan Zweig_1881~1942

서는 어떤 이야기도 들을 수 없었습니다. 한스가 매우
좋아한 다른 독일어권 작가도 츠바이크와 비슷한 처지
에 처했다는 이야기를 들었습니다. 그 작가는 평화 사상
을 옹호했던 까닭에 망명을 떠나야 했습니다.

한스는 이미 오래전부터 '히틀러 유겐트'의 깃발을 들
고 단원들을 이끄는 중대장의 임무를 맡아 왔습니다.

그는 젊은 단원들과 함께 전설의 동물이 그려진 화려한 장식의 깃발을 디자인했습니다. 그 깃발은 특별한 의미가 있는 것이었습니다. 그 깃발은 중대장에게 바쳐졌고 젊은이들은 깃발에 충성을 맹세했습니다. 깃발은 그들이 속한 공동체의 상징이기 때문입니다.

그러던 어느 날 저녁, 그들이 상급 지휘관에게 점호를 받기 위해 깃발을 들고 나타났을 때 예상치 못한 사건이 일어나고 말았습니다. 상급 지휘관이 깃발을 들고 흥에 겨워하는 열두 살짜리 사내아이에게 별안간 큰 소리로 깃발을 내버리라고 명령한 것입니다.

"너희한테는 그런 특별한 깃발이 허용되지 않아. 규정에 명시된 깃발만을 사용하란 말이야!"

한스는 매우 큰 충격을 받았습니다. 언제부터 이렇게 되었단 말입니까? 그 상급 지휘관은 이 깃발의 의미를 몰랐단 말인가요? 생각해보면 깃발이라는 것도 사람의 취향에 따라 얼마든지 바꿀 수 있는 천 조각이 아닌가요? 그런데도 상급 지휘관은 어린 기수에게 깃발을 내버리라고 명령했습니다.

어린 기수는 그저 멍하니 서 있기만 할 뿐이었습니다. 한스는 그 소년의 마음속에 흐르는 생각을 알 수 있었습니다. 그가 상급 지휘관이 시키는 대로 하지 않으리라는 것도 헤아릴 수 있었습니다. 그러나 상급 지휘관이 어린 기수에게 위협적인 목소리로 단호하게 다시 깃발을 버리라고 명령했을 때 한스는 깃발이 조금씩 떨리는 것을 보았습니다.

한스는 더 이상 참을 수 없었습니다. 그는 조용히 대열에서 걸어 나와 상급 지휘관의 뺨을 후려쳤습니다. 이 일이 벌어진 후 한스는 더는 기수들의 중대장 구실을 할 수 없었습니다. 한스의 마음속에서 타오르기 시작한 고통스러운 회의의 불꽃은 우리 모두에게 번졌습니다.

며칠 후 우리는 수수께끼처럼 사라져버린 한 젊은 선생님의 이야기를 들을 수 있었습니다. 그 선생님은 어느 날 어디론가 끌려가 나치 돌격대원들SA 앞에 서게 되었습니다. 그리고 모든 대원이 한 명씩 선생님 곁을 지나가면서 얼굴에 침을 뱉었습니다. 선생님은 그 자리에 서서 그 끔찍한 치욕을 당했다고 합니다. 그 후 선생님을 본 사람은 아무도 없었습니다. 그분은 집단 수용소로 끌려가셨던 것입니다.

"그분이 도대체 무슨 잘못을 했다는 거죠?"

우리가 조심스럽게 그 선생님의 어머니께 물어보았을 때 선생님의 어머니께서는 모든 것을 포기한 사람처럼 절망에 휩싸여 이렇게 대답했습니다.

"아니, 아무 잘못도 하지 않았어. 그 애는 나치 당원이 아니어서 그들의 뜻에 동참할 수 없었던 거야. 죄라면 그것이 죄겠지."

이럴 수가! 그때까지 한 점의 불꽃처럼 미미했던 의심이 마침내 깊은 슬픔으로 변하더니 결국 분노의 불길로 타오르고야 말았습니다. 우리의 마음속에 자리 잡고 있던 순수한 믿음의 세계가 산산이 부서져 조각나기 시작했습니다. 어떻게 조국을 이런 모습으로 망가뜨렸단 말인가요? 자유도 거짓, 번영의 삶도 거짓, 조국에서 살아가는 모든 사람의 발전과 행복도 거짓이었습니다. '독일'이라는 나라의 문에 빗장을 걸어 모든 것을 거대한 감옥에 가둬 놓듯 봉쇄해버린 것입니다.

"아버지, 집단 수용소는 어떤 곳인가요?"

아버지는 사람들에게 들은 대로 알고 계신 사실들을 꾸밈없이 설명하시면서 이런 말씀을 덧붙여주셨습니다.

"이것은 전쟁이란다. 너무나도 평화롭게 살아오던 같은 민족끼리 벌이는 전쟁이지. 무기를 손에 들지 않은 한 사람 한 사람을 대적하는 전쟁이며, 자기 자녀들의 행복과 자유를 말살하는 전쟁이라고. 끔찍하게 무서운 범죄이고말고."

이렇게 고통에 몸서리치는 환멸이라 할지라도 다음 날 아침이면 깨어날 수 있는 악몽에 불과하다면 얼마나 좋을까요?

우리 마음속에서는 걷잡을 수 없는 갈등의 불길이 타올랐습니다. 우리는 우리가 몸으로 겪고 귀로 들었던 모든 것에 맞서 우리의 오랜 이상理想을 지키려고 애썼습니다.

"그런데 총통도 집단 수용소에 대해 알고는 있는 걸까요?"

"총통의 가장 가까운 친구들이 수용소를 세웠다는구나. 이미 몇 년 전부터 존재했는데 그 사람이 모를 리가 있겠어? 몰랐다면, 그래서 뒤늦게 알았다면 어째서 즉각 그것을 없애는 데 자신의 권력을 사용하지 않는 걸까? 게다가 수용소에서 풀려난 사람들이 그곳에서 겪은 일들을 조금이라도 얘기하면 어째서 가장 가혹한 형벌을 받게 되는 걸까?"

한때 너무나 아름답고 깨끗한 집이었지만, 지금은 굳게 닫힌 어두운 밀실에 몸서리치도록 섬뜩한 물건들이 도사리고 있는 그런 집에서 살고 있는 느낌을 우리는 지울 수 없었습니다. 의심이 천천히 우리를 사로잡으면서 우리의 마음속에는 두려움, 염려, 끝이 보이지 않는 불안의 싹이 고개를 내밀었습니다.

"어떻게 우리 민족 안에서 이런 정부가 나올 수 있었던 거죠?"

우리의 질문에 아버지는 이렇게 말씀하셨지요.

"어느 경우든 궁핍하기 짝이 없는 고통의 시절로 거슬러 올라가기 마련이란다. 우리가 어떤 시대를 살아왔는지 뒤돌아보렴. 먼저 전쟁이 일어났고, 전쟁이 끝난 후엔 여러 어려움이 한꺼번에 밀려 들어왔지. 그리고는 인플레이션과 엄청난 빈곤에 이어 대량 실업 사태가 터졌지. 본래 인간은 이 세상에 벌거숭이로 내던져진 존재이기에 자신의 미래가 암울한 장벽처럼 막혀 있다고 생각하면, 미래에 대한 약속에 귀가 솔깃해지기 마련이란다. 그런 약속을 떠벌이는 사람이 과연 믿을 만한 사람인지 생각조차 하지 않고 말이다."

"그러나 히틀러는 실업 사태를 해결하겠다는 약속을 지키긴 했잖아요!"

"물론 그 점에 대해서는 아무도 반박할 수 없겠지. 하지만 그가 사용한 방법은 분명 잘못된 거란다. 히틀러는 전쟁 산업을 추진했으니까 말이다. 그 사업이 어떻게 끝날지 너희는 알고 있니? 그는 대량 실업 사태를 해결하기 위해 전쟁이 아닌 평화 산업을 일으키려고 노력했어야 했다고. 독재자의 나라에서 실업 문제를 해결하는 건 아주 쉬운 일이지. 그렇다고는 해도 우리는 배불리 먹기만 하면 만족해하는 그런 짐승이 아니지 않니?

물질적으로 보장받는다고 해서 반드시 행복한 것은 아니란다. 우리 한 사람 한 사람은 각자 자유로운 견해와 굳은 신념을 가진 인간이라고. 이런 가치를 외면하는 정부는 국민의 존경을 털끝만큼도 받을 수 없단다. 우리가 이 정부에 마땅히 요구해야 하는 첫 번째 과제는 국민 개개인이 갖고 있는 바로 그런 견해와 신념을 보장받는 것이란다."

어느 봄날에 우리는 아버지와 함께 오랫동안 산책을 하면서 이런 대화를 나누었습니다. 그리고 우리는 모든 의문과 회의에 대해 마음속 깊이 생각하고 또 생각해보았습니다. 아버지는 또 이렇게 말씀하셨습니다.

"시대가 아무리 어렵다고 해도 나는 너희가 인생을 올바르고 자유롭게 살아가길 바랄 뿐이다."

갑자기 아버지와 친구가 된 듯한 기분이었습니다. 우리 중 누구도 아버지가 훨씬 더 나이 많은 분이라고는 생각할 수 없었습니다. 이 세상은 우리가 생각한 것보다 훨씬 더 넓다는 것을 깨닫는 순간 마음이 뿌듯해졌습니다. 이렇게 넓은 세상에는 위험과 모험도 함께한다는 것 또한 깨달을 수 있었습니다.

우리에게 작지만 안전한 섬이 되어준 것은 가정이었습니다. 가정은 갈수록 이해하기 어려워지고 낯설게 변해가는 바깥세상에 둘러싸인 섬이었습니다. 세상이라는 바다로부터 우리를 감싸주고 지켜주는 섬이었습니다.

그러나 한스와 막냇동생 베르너에게는 무언가 다른 것이 있었습니다. 열여덟, 열네 살이었던 그들의 삶을 규정할 뿐만 아니라 이루 형언할 수 없이 크나큰 열정을 불러일으켜 그들의 삶을 가득 채워주는 무언가가 있었던 것입니다. 그것은 친구들의 작은 모임인 '청소년회'였습니다. 아직은 문화적 생활의 숨결이 끊어지지 않던 시절에 독일의 여러 도시 안에서 존재했던 모임입니다.

'청소년회'는 해체된 청년 동맹의 구성원들을 마지막으로 결집한 저항 조직이었습니다. 그래서 이미 오래전부터 독일 비밀경찰이 활동을 금지시켰지요. '청소년회'는 청소년층 내부에서 자발적으로 결성되었기에 결

속력이 강할 수밖에 없었습니다. 그럼에도 '청소년회'
는 생명력을 오랫동안 유지할 수 없었습니다. 모든 면
에서 '히틀러 유겐트'와는 눈에 띄게 구별되는 독특하
고 인상적인 스타일을 가지고 있었으니까요.

　'청소년회'의 구성원들은 자신들이 어떤 모양의 옷
을 입어야 하는지 잘 알고 있었습니다. 어떤 노래를 불
러야 하며, 어떤 언어를 사용해야 하는지도 잘 알고 있
었습니다. 이 청소년들에게 인생이란 가슴 벅찬 모험이
며, 매혹적인 미지의 세계로 들어가는 탐험이었습니다.

　'청소년회'는 주말이 되면 여행을 떠났습니다. 독일
북부의 고지대에서 지독한 추위를 온몸으로 겪으며 걸
레처럼 너덜너덜한 텐트 안에서 잠을 잤지요. 그들은
모닥불 주위에 둘러앉아 한 사람씩 돌아가면서 시를 낭
송하거나 노래를 불렀고 기타, 밴조, 발랄라이카의 선
율에 맞추어 합창도 했습니다. 그들은 세계 각 나라의
민요를 부르기도 하고 시를 짓기도 했습니다. 때로는
장엄한 노래와 유쾌한 가요를 번갈아 작곡했고, 그림을
그리고 사진을 찍고 글을 쓰기도 했습니다. 그러는 가

운데 아무도 흉내 낼 수 없는 그들만의 훌륭한 여행서와 잡지들이 만들어졌습니다. 겨울이 돌아오면 한적한 알프스산의 목장 지대로 올라가서 스릴 넘치는 스키를 타기도 하고, 새벽에는 펜싱을 즐기기도 했습니다.

그들의 손에서 책이 떠나는 날이 없었습니다. 책은 그들에게 내면세계를 새로운 차원으로 넓혀주고 바깥 세상의 새로운 것들을 알려주는 매우 중요한 것이었습니다. 그들은 주로 릴케, 슈테판 게오르게, 노자, 헤르만 헤세의 작품집과 로마 시대의 영웅 이야기 같은 책들을 읽었습니다. 특히 '청소년회' 구성원들의 정신적 지주 역할을 했던 작가는 헤르만 헤세였습니다. 그 당시 헤세는 독일 당국의 탄압을 피해 외국으로 망명을 떠난 상태였습니다.

'청소년회' 구성원들은 진지하고 말수가 적은 편이었습니다. 그러면서도 그들만의 유머를 잃지 않았고 위트와 풍자와 해학이 넘치는 말을 주고받았습니다. 그들은 인적 없는 야생의 숲을 누비며 사냥을 즐겼고, 새벽에는 얼음처럼 싸늘한 강물 속에 뛰어들어 멱을 감기도

독일의 대문호 헤르만 헤세
Hermann Hesse_1877~1962

했습니다. 거친 들판의 맹수들과 새들을 지켜보느라 시간 가는 줄 모르고 땅바닥에 가만히 엎드려 있곤 했습니다. 또 훌륭한 음악을 발견하려는 마음으로 콘서트홀에 앉아 숨죽여 음악에 귀를 기울이기도 했습니다. 아름다운 영화가 상영되는 영화관이나 심금을 울리는 연극이 상연되는 극장에 앉아 있기도 했습니다. 유물을 감상하기 위해 발소리를 죽여가며 박물관 구석구석을 조심스레 걸어 다니기도 했고, 사원을 찾아가 그곳에 숨어 있는 비밀스러운 아름다움에 젖어들기도 했습니다.

그들이 유달리 사랑했던 것은 화가 프란츠 마르크의 캔버스에서 뛰어노는 '푸른 말'과 반 고흐의 캔버스에서 불타오르는 '황금빛 밀밭'과 '태양'이었습니다. 고갱의 이국적인 세계도 그들의 사랑을 받았습니다. 그러나 그들이 누구인지를 정확하게 설명할 수는 없습니다. 그들 스스로 지나치다 싶을 정도로 말없이 어른들의 세계로 성장해갔기 때문에 누구든 그들에 대해 설명한다고 해도 많은 말을 삼가야 할 것입니다.

그들이 즐겨 부르던 합창곡 중 하나가 귓가에 맴돕니다.

요란스런 시대의 굉음에서

잠시만이라도 눈과 귀를 닫아라

그대의 마음이 평온해질 때까지는

이 시대의 풍파를 치유하지 못하리니

그대의 사명은 모든 나날 속에서

영원을 지키고, 기다리고, 마주 보는 것

그대는 이미 이 세상사에
묶여 있으면서도 자유로이 풀려나 있는 몸이니

그대를 필요로 하는 시간이 마침내 찾아오면
온전히 마음의 채비를 갖추고
마지막 한 점의 불꽃이 되기 위해
사라져가는 불길 속으로 그대 몸을 던져라

갑자기 독일의 전 지역에 체포령이 떨어졌습니다. 우리가 살아가는 20세기의 문이 열림과 동시에 싹텄던, 그 대단하고 가슴 벅찬 '청년운동'은 무너지고 말았습니다.

수많은 청년에게 '감옥'은 젊은 시절에 경험한 커다란 충격 중 하나가 되었습니다. 젊음과 '청년운동'과 '청소년회' 같은 것들이 언젠가는 막을 내릴 수밖에 없다는 것을 대다수는 잘 알고 있었습니다. 그들도 '어른'이라는 인생의 단계로 걸음을 옮기고 있었기 때문입니다. 그들이 직접 쓴 일기장, 잡지와 노래책 들이 압수되어 갈기갈기 찢긴 채 내버려졌습니다. 그들이 감옥에서 나와 다시 자유의 몸으로 돌아오기까지는 적어도 몇 주 혹은 몇 달이 걸렸습니다.

그 무렵 한스는 즐겨 읽던 책 중 한 권의 첫 페이지 여백에 이런 글을 또렷이 써넣었습니다.

우리의 육신에서 심장을 칼로 도려내라. 그러면 너희도 그 심장의 불길에 타서 죽게 될 것이다.

젊음의 시절은 독일의 비밀경찰 없이도 언젠가는 막을 내릴 수밖에 없겠지요. 이 생각은 한스가 섬뜩한 감옥의 밀실에 처음 갇혀 있는 동안에 얻은 깨달음이었습니다. 그런 깨달음을 얻고 난 뒤, 한스는 학업에만 전념하며 장차 의사가 되리라고 결심했습니다. 한스는 인간이 존재하고 있는 곳에서 누릴 수 있는 아름다움과 심미적 만족의 체험이 자신에게는 더 이상 의미가 없다고 느꼈습니다. 게다가 인생의 깊이를 조용히 통찰해보는 일도 더 이상 의미가 없을 뿐만 아니라 심각한 위험에

한스 숄Hans Scholl
1918~1943

직면한 이 시대에는 도무지 안정을 줄 수 없다는 것을 느꼈습니다.

마지막까지 불타오르다가 재만 남아버린 공허함처럼 한스의 마음은 텅 비어 있었습니다. 한스는 자신의 마음을 불안하게 뒤흔드는 의문들에 대해서 아무런 답도 찾지 못했습니다. 릴케와 슈테판 게오르게, 니체와 횔덜린에게서도 대답을 얻지 못했습니다.

한스는 자신이 그 의문들을 해결하려고 열심히 탐구한다면 기어이 올바른 길에 이르게 되리라는 확신을 가지게 되었습니다. 그리고 그는 고대 그리스 철학자 플라톤과 소크라테스를 알게 되었습니다. 또한 초기 기독교 사상가들의 정신을 알게 되었고 아우구스티누스의 사상에 매료되었습니다. 파스칼의 사상도 발견했습니다. 《성서》는 예전에 몰랐던 새롭고 놀랄 만한 의미를 한스에게 알려주었습니다. 낡고 시들어버린 말들로 가득 찬 것 같던 옛글에서도 살아 있는 활력이 용솟음치는 걸 느꼈습니다.

그 후 몇 년이 흘렀습니다. 독일에서 일어난 전쟁, 민족 구성원들을 적대시해 일어난 그 전쟁은 결국 세상 여러 민족의 전쟁으로 바뀌고 말았습니다. 제2차 세계 대전이 발발한 것입니다.

전쟁이 일어나던 당시에 한스는 뮌헨대학교에서 전공 분야를 탐구하기 시작했습니다. 그러나 곧 그에게 대학 생활을 계속 이어갈 수 없는 불안한 시기가 찾아왔습니다. 학도병으로 징집되어 위생병의 임무를 띠고 프랑스 전선에 투입된 것입니다.

다행히 그 시간은 잠시였습니다. 한스는 다시 학도병으로 뮌헨에 배치되어 중단했던 학업을 계속할 수 있었습니다. 그것은 참으로 이상하기 짝이 없는 학창 생활이었습니다. 반쪽은 군인, 반쪽은 학생 신분이었으니까요. 병영에 들어갔다가도 곧 대학교로 돌아오거나 의과대학의 임상 실습에 참여하는 일을 반복했으니 말입니다. 아무리 조화를 이루려고 해도 결코 이뤄지지 않는 대립된 두 세계였습니다.

이런 이중적 생활을 한스는 견디기가 무척 어려웠습니다. 그리고 이보다 더 무겁고 암울하게 그의 어깨를

짓누르는 짐은 억압과 증오와 거짓이 당연시된 나라에서 살아가야만 한다는 사실이었습니다.

자유를 옭아매는 독재 권력의 족쇄가 점점 조여오면 그 누구도 견디기 어렵지 않을까요? 자유를 누리며 살아왔던 나날들은 일장춘몽으로 끝나게 될지도 모릅니다. 사소한 언행 때문에 체포되거나 영원히 사라져버릴지도 모르는 불안 속에서 안전하다고 장담할 수 있는 사람은 아무도 없으니 말입니다. 새벽녘에 국가 비밀경찰이 급습해 한스의 자유를 말살한다고 해도 그리 놀랄 일이 아니지 않습니까?

한스는 자신이 수백만 독일인 중 한 사람일 뿐이라는 것을, 자신이 몸으로 느꼈던 것과 비슷한 것을 느낀 독일인들 중 한 사람에 불과하다는 것을 잘 알고 있었습니다.

그러나 슬픔을 주체할 수는 없었습니다. 누구라도 마음을 털어놓고 자유로운 생각을 말하려면 위험을 감수해야 하는 상황이었으니까요. 그렇게 자신의 견해를 솔직하게 털어놓는 사람은 가차 없이 투옥되었답니다. 한 가정의 어머니가 마음에 사무쳤던 울분을 터뜨리면서 전쟁을 비판하는 말을 입에 올리기가 무섭게 그 여인의 삶은 두 번 다시 기쁨을 누릴 수 없는 신세로 전락해버린 슬픈 일도 있었습니다. 곳곳마다 숨어서 엿듣는 귀에 감시당하는 듯했습니다.

1942년 봄, 우리는 계속 발신인 표시 없이 복사된 편지들을 편지함에서 발견했습니다. 그 편지는 뮌스터의 주교 그라프 갈렌 신부가 미사에서 들려준 설교문의 내용을 옮긴 것이었습니다. 주교의 올곧은 용기와 솔직함을 전해주는 편지였습니다.

지금 뮌스터의 전 지역은 오싹할 만큼 황폐해졌습니다. 바깥에 도사리고 있는 적이 이번 주에 우리에게 가한 결과입니다. 7월 12일 주말이었던 어제, 국가 비밀경찰은 우리 도시에 있는 예수회의 두 거주지를 접수해버렸습니다. 그곳에 살고 있던 주민은 강제로 쫓겨났고 예수회 신부들과 수도사들은 바로 당일에 집을 비우는 것은 물론, 베스트팔렌

교구와 라인 교구를 떠나라는 강요를 받았습니다. 그들과 다를 바 없는 가혹한 운명이 어제 수녀들에게도 찾아왔습니다. 수도회의 건물과 목록에 적힌 모든 재산이 몰수되어 북北 베스트팔렌 대 관구管區의 지배를 받게 된 것입니다.

이미 오래전부터 남부 독일의 오스트마르크, 새롭게 점령한 지역인 바르테 관구, 룩셈부르크, 로트링엔을 비롯해 그 밖의 다른 여러 지역에서 광포하게 몰아치던 수도원 박해의 폭풍이 이곳 베스트팔렌까지도 불어닥친 것입니다.

이렇게 뒤틀린 상황은 결국 어떤 모습으로 끝이 날까요? 머물 곳을 잃어버린 수도원 거주민들에게 임시 거처를 마련해주는 것이 시급한 것은 아닙니다. 우리 수도원 사람들은 당장 기거할 곳이 없는 이들을 받아들이고 보호하기 위해 집과 건물을 최대한 활용하기로 마음을 굳힌 지 오래되었습니다. 그러니 거주할 곳을 마련하는 것이 이번 사태 해결의 핵심은 아닙니다.

들려오는 말로는 뷔킹헤게의 마리아 수도원 안에 관구 직영 필름 공장이 세워졌다고 합니다. 베네딕트 수도회 소속인 성 요셉 성당에는 미혼모들을 위한 조산 시설이 세워졌다는 소문도 파다합니다.

그러나 지금까지 이 일들을 보도한 신문은 단 하나도 없습니다. 비밀경찰 조직원들이 무방비 상태의 수도원 성직자들과 스스로 보호할 힘이 없는 독일 여성들에게 너무도 쉽게 얻어낸 승리에 대해서도, 관구 책임자들이 독일 민족의 구성원들에게 저지른 침탈 행위에 대해서도 지금껏 어느 신문도 보도한 적이 없습니다. 하긴, 모든 항의가 어느 하나 예외 없이 소용없는 일로 끝나버리는 마당에 신문 보도가 무슨 소용이 있겠습니까?

우리를 괴롭히고 억압하는 내부의 적에 맞서 우리가 무기를 손에 들고 싸울 수는 없습니다. 할 수 있는 투쟁 방법은 단 하나입니다. 강인하게, 끈질기게, 이를 악물고 견뎌내는 것뿐입니다! 이를 악물고 견뎌냅시다! 끝까지 굳은 의지로 버텨냅시다! 우리는 몇 년 전부터 우리를 압박해온 새로운 세뇌교육 뒤에 무엇이 숨어 있는지를 이제야 눈으로 똑똑히 보고 몸으로 겪어 알게 되었습니다. 지난 몇 년 동안 그들은 새로운 훈육이라는 이름으로 학교에서 종교를 추방하고 우리의 신앙공동체를 억눌러 왔습니다. 그리고 그것도 모자라 이제는 유치원마저 파괴하려고 합니다. 기독교에 대해 뼛속 깊이 뿌리 내린 그들의 증오를 이제는 우리가 뿌리 뽑아야 합니다.

지금 이 순간 우리는 때리는 망치가 아닙니다. 두들겨 맞는 모루나 다름없지요. 그들은 우리를 두들기는 것도 모자라서 그들의 권력을 함부로 휘둘러 우리 민족을 개조하려고 합니다. 특히 우리, 이 민족 청년들의 올바른 의식을 바꿔놓고 청년들의 올곧은 태도를 교란하려고 합니다. 그들이 하는 일이라고는 사람을 감옥에 가두거나 나라 밖으로 방출하는 것뿐입니다.

이렇게 우리를 두들기는 압제자들의 망치가 아무리 가혹하다고 해도, 그리하여 우리에게 억울한 상처를 멍울지게 해도 하느님께서는 항상 그리스도교의 신념에서 우러나오는 태도를 변함없이 간직하는 사람들의 편에 서 계신다는 것을 잊지 말아야 합니다.

몇 개월 전부터 우리는 이런 보고를 받았습니다. 베를린에 있는 정신병원과 요양원에서 만성 정신질환에 시달려온 사람들이나 더 이상 치료가 의미 없다고 판단되는 정신병 환자들을 병원 밖으로 강제로 추방하고 있다는 것입니다. 그렇게 쫓겨난 환자는 얼마 못 가서 싸늘한 시체가 되고 가족들의 손에 넘겨져 화장된다고 합니다. 가족에 대한 배려라고는 마지막 남은 유골을 찾아가라고 통지하는 것뿐입니다.

이런 일이 일어나리라고는 전혀 상상할 수 없었습니다. 이처럼 많은 정신질환자의 죽음은 자연사自然死가 아니라 의도적으로 생명을 앗아간 것이라는 의심을 지울 수 없었습니다. 그 의심이 이제는 누구도 부인할 수 없는 사실로 밝혀지고 있습니다. 이 사건을 압제자들의 입장에서 보면 살아 있을 만한 가치가 없는 사람들은 민족과 국가를 위해 제거해도 무방하다는 그들만의 논리에 따른 결과입니다. 그들의 논리는 죄 없는 사람들의 생명을 앗아가는 것을 정당화합니다. 일할 힘이 남아 있지 않은 약자들, 불구자들, 불치병자들과 노약자들을 폭력으로 살해한다고 해도 아무런 문제가 없다는 것인데, 정말로 온몸이 섬뜩해지는 논리입니다.

한스는 뮌스터 주교의 서신을 읽고 깊은 충격에 휩싸

였습니다.

"진실을 말할 용기를 가진 사람이 마침내 나타나고야 말았군."

한스는 한참 동안 인쇄물을 곰곰이 들여다보며 이 생각 저 생각에 잠기더니 결국 이렇게 말했습니다.

"복사기를 구해야겠어."

이 모든 일에도 한스에게는 쉽게 꺼지지 않는 삶에 대한 애착이 있었습니다. 그를 둘러싼 세계가 점점 더 어두워질수록 삶에 대한 애착은 점점 더 강력하게 그의 안에서 바깥으로 뻗어나갔습니다. 특히 프랑스에서 체험했던 전쟁의 기억이 생생히 살아 있었던 까닭에 삶에 대한 애착은 깊어질 대로 깊어졌습니다. 죽음에 가까이 다가갈수록 삶은 더욱 눈부시게 빛나는 광휘를 부둥켜 안았습니다.

그 시절 한스에게 커다란 행운이 찾아왔습니다. 특별한 사람을 만나게 되었으니까요. 어느 맑은 가을날, 한스는 칼 무트라는 노신사를 알게 되었습니다. 그는 《고지高地》라는 유명한 시사 잡지의 발행인이었습니다. 이

잡지는 나치에 의해 출판이 금지된 상황이었습니다.

노신사는 한스와 이야기를 주고받는 동안 노인답지 않게 밝은 눈으로 한스의 얼굴을 또렷이 응시하더니 며칠 내로 자신을 다시 찾아와달라고 말했습니다. 그때부터 한스는 노신사의 집에 자주 찾아갔습니다. 그의 집을 방문하면 시간 가는 줄도 모르고 책들이 첩첩이 쌓여 있는 커다란 책장을 살피는 데 빠져들곤 했습니다. 그의 집에는 시인들, 학자들, 철학자들이 다녀가곤 했습니다. 한스는 그들과 함께 대화를 나누는 동안 노신사와 그들의 정신세계 속으로 들어가는 수백 개의 문과 창문이 활짝 열리는 것을 느꼈습니다.

그런데 그들은 모두 지하실에 갇혀 있는 식물들처럼 자유를 구속당한 채 살고 있었습니다. 그러기에 그들은 예전처럼 다시 자유롭게 숨 쉬고, 자유롭게 창조하며 그들 자신의 모습으로 완전히 되돌아가고 싶어 하는 커다란 동경을 가슴에 가득 품고 있었지요.

한스는 자신과 생각이 통하는 많은 학우도 만났습니다. 그들 중 성숙하고 빼어난 외모와 전혀 군인 같지 않은 기질로 한스의 마음을 사로잡은 이가 있었는데, 뮌헨의 저명한 의사의 아들인 알렉산더 슈모렐이었습니다. 한스와 알렉산더는 곧 진실한 우정을 꽃피웠습니다. 훗날 두 사람의 우정은 재치가 번뜩이는 수없이 많은 발상과 적극적인 행위로 어리석은 군인 집단을 조롱하는 출발점이 되었습니다.

친구들은 알렉산더를 '알렉스' 또는 '슈릭'이라고 불렀습니다. 슈릭은 이 세계를 날마다 새롭게 처음 겪는 것처럼 환상에 가득 찬 눈길로 바라보았습니다. 세계를 읽어가는 그의 눈길은 아름답고 독창적이며 위트와 호기심으로 넘쳐흘렀습니다.

그는 꾸밈없이 온화하게 세계를 즐길 줄 아는 사람이었고 세계에 대해 시시콜콜 따져 묻는 것을 싫어했습니다. 그는 인생을 충분히 마음껏 누리는 만큼 다른 사람에게도 즐거움을 돌려줄 줄 알았습니다. 덕망 있는 왕처럼 누군가에게 무언가를 선사할 줄도 알았습니다. 그러나 그런 명랑하고 자유롭고 무언가에 얽매이지 않는 생활 속에서도 가끔은 다른 빛이 비쳐 나오곤 했습니

알렉산더 슈모렐
Alexander Schmorell_1917~1943

다. 그것은 다름 아닌 풀리지 않는 것에 대한 의문과 탐구였습니다.

그렇습니다. 그것은 보다 근본적이고, 보다 깊은 진지함이었습니다. 그것은 볼셰비키 혁명이 일어나자마자 보모의 품에 안겨 부모와 함께 러시아를 떠나왔던 그의 어릴 적 경험에서부터 자라난 것일지도 모릅니다.

"비를 맞으며 떠났던 나는 지금 빗방울 속으로 들어온 거야."라고 슈릭은 말하곤 했지요. 나치에 맞서는 '백장미' 조직의 저항 행위들은 슈릭과 한스의 연합에서 시작되었다는 것을 나는 확신하게 되었고 지금도 그 확신은 변함이 없습니다.

한스는 알렉스, 즉 슈릭을 통해 다른 친구 한 명을 사귀게 되었습니다. 그는 크리스토프 프롭스트입니다. 한스는 곧 자신과 크리스토프 사이에 내면적 친밀감이 자리 잡고 있다는 것을 알게 되었습니다. 둘 다 창조하는 일을 사랑하고 감동받은 글과 철학적 사상이 같다는 것은 두 사람의 내면적 친밀감을 말해주는 것이었습니다. 크리스토프는 별들이 어떻게 움직이는지를 잘 알았고,

크리스토프 프롭스트Christoph Probst

1919~1943

그의 고향인 바이에른 산악 지대의 광석과 식물에 대해서도 지식이 많았습니다. 그러나 한스와 그를 가장 강력하게 결속시킨 것은 사물과 사람과 역사의 이면에 존재하는 절대적 유일신唯一神에 대한 탐구 정신이었습니다.

크리스토프는 아버지를 존경하는 만큼 의지하는 마음도 컸습니다. 그에게는 아버지가 아주 섬세한 감각을 지닌 개인교사와 같았습니다. 그런 까닭에 아마도 아버지의 죽음은 크리스토프가 유별날 정도로 성숙해지는데 결정적 요인이 되었을 것입니다. 우리 중에 유일한 기혼자는 크리스토프뿐이었으니까요.

그에겐 두 살과 세 살 된 두 아들이 있었습니다. 이런 이유로 이 모임의 구성원 셋은 훗날 나치에 맞서 싸우는 적극적인 저항 운동을 펼칠 때도 전단을 복사하거나 배포하는 등의 위험한 일에는 크리스토프를 제외시키려고 애썼습니다. 사정이 이렇다 보니, 전단의 내용을 고안하고 작성하는 일은 크리스토프의 몫이 되었습니다.

나중에 또 한 명의 대학생 동반자가 가입해 이 조직의 구성원은 모두 네 명이 되었습니다. 그 친구는 자를 란트 출신으로 키가 훤칠하고 금발 머리카락을 한 빌리 그라프입니다. 그는 꽤 과묵하고 사려 깊고 내향적인 청년이었습니다. 그와 더욱 친해졌을 때 한스는 빌리가 그들의 생각에 깊이 공감하고 있다는 것을 확신하게 되었죠. 빌리 그라프도 그들처럼 신학과 철학의 여러 문제에 대해 치열하게 고민하고 있었습니다. 소피는 그의 모습을 이렇게 묘사했답니다.

"그는 무엇인가를 말하고자 할 때 그 문제에 대해 스스로 확신을 얻기 전에는 한마디도 하지 않겠다는 결심을 한 것 같았습니다. 그래서인지 그와 관련된 모든 것은 순수하고 진실하며 신뢰해도 좋다는 확신을 갖게 됩니다."

주류 업계의 대기업 대표인 빌리의 아버지는 아들 빌리가 원하는 인생을 살도록 아들에게 선택을 맡기고 존중해주었습니다. 이미 몇 년 전에 빌리는 왕성한 활동을 펼치던 가톨릭 청년 단체의 일원으로 가입한 적이 있었기 때문에 1937년 한스를 투옥시켰던 나치의 검거 물결을 비켜 갈 수 없었습니다. 당시 빌리는 크리스토

빌리 그라프Willi Graf
1918~1943

프, 알렉스, 한스처럼 의학도였습니다.

그들은 자주 함께 어울리며 음악회에 참석한 후에 이탈리아식 선술집에 가서 대화를 나누었습니다. 하지만 며칠도 안 되어 그들은 한스의 하숙방이나 알렉스의 집에서 만나는 것이 더 안전하다고 느꼈습니다. 그들은 서로 마주 앉은 친구가 읽고 있는 책에 깊은 관심을 가졌고, 책에서 몇 문장들을 발췌해 낭독하거나 책의 의미에 대해 의견을 나누기도 했습니다.

그러다가 갑자기 미친 듯한 만용을 부리기도 하고 아무도 전혀 예상하지 못했던 엉뚱한 일들을 생각해내기도 했습니다. 환상과 유머와 인생의 기쁨이 맑은 공기처럼 그들의 막힌 가슴을 탁 트이게 해주었던 게 분명합니다.

스물한 번째 생일을 며칠 앞둔 소피가 뮌헨으로 여행을 떠나기 전날 밤이었습니다.

"내일부터 다시 의학 공부를 시작할 수 있다는 것이 좀처럼 믿어지지 않아요."

거실에서 자신의 블라우스를 다리고 있던 어머니께

편안히 주무시라고 입을 맞추면서 소피는 이렇게 말했습니다. 소피의 새로운 학교생활에 필요한 갖가지 물건과 말끔히 세탁된 옷들이 담겨 있는 트렁크가 열린 채마루 위에 놓여 있었습니다. 트렁크 옆에는 맛있는 향이 나는 갈색 과자들이 듬뿍 담긴 봉지도 있었습니다. 허리를 굽혀 과자 냄새를 맡아보던 소피는 과자들 옆에 기대어 서 있는 포도주 한 병을 발견했습니다.

소피는 이날을 얼마나 손꼽아 기다려왔는지 모릅니다. 그토록 힘겨웠던 인내의 세월도 어느새 지나가버렸습니다. 처음 소피가 반 년 동안 감당해야 했던 강제노동은 끝이 보이지 않을 만큼 길었습니다. 그 지루한 세월이 끝나고 간절히 기다리던 자유의 삶이 가까스로 다시 시작되려는 순간에 또다시 강제 동원이 이어졌습니다. 반년 동안 전쟁터에서 몸으로 부대껴야 하는 노동과 봉사였습니다. 소피는 서글픈 감정에 빠져드는 나약한 모습을 보이지 않겠노라고 마음을 굳게 먹었습니다. 얼마나 괴로움이 컸더라면 그런 마음을 먹었을까요?

전쟁터에서 해야 하는 일 자체가 두려웠던 것은 아

니었습니다. 그녀에게 이보다 더 괴로웠던 것은 오히려 합숙소의 단체생활이었습니다. 획일적인 일상생활이 참을 수 없을 만큼 그녀를 괴롭혔습니다. 쉽게 꺾이지 않는 깊은 저항 정신 속에 접목된 소피의 신념이 없었더라면 그 생활을 도저히 견뎌낼 수 없었을 것입니다. 기만과 증오와 억압의 토대 위에 세워진 한 국가에 동의하는 뜻으로 단 한 번이라도 호의적인 손길을 내민다면 그것은 그녀 스스로 절대 용납할 수 없는 속물적인 행동일 것입니다.

"나는 너희가 자유롭고 올곧은 인생을 살아가길 바란다."

아버지께서는 입버릇처럼 말씀하셨습니다. 그러나 아버지의 당부처럼 살아간다는 것은 말로는 다할 수 없을 만큼 어려운 일이었습니다. 그런 갈등은 소피가 감당하기에는 너무나 무거운 짐을 짊어진 듯 힘겨웠기 때문에 근로봉사에 참여하고 있던 수많은 소녀 중에서도 그녀는 특히 외로웠을 것입니다.

소피는 다른 소녀들 뒤로 멀찌감치 물러나 있으면서

자신은 그곳에 실제로 존재하지 않는 듯한 인상을 심어주려고 노력했습니다. 다른 소녀들이 소피에 대해 어떻게 생각하든지 그것은 그들의 자유일 뿐, 그녀로서는 신경 쓸 필요가 없었습니다. 그 시절 소피는 버림받은 자의 외로움과 향수를 동시에 앓았습니다.

다행스럽게도 낯선 세계 속에 고립된 그녀를 지켜준 두 가지 버팀목이 있었습니다. 소피는 그 버팀목에 인생을 의지했습니다. 하나는 자신의 육체를 강인하게 단련하려는 소피 자신의 욕구였습니다. 그것은 결코 동의할 수 없는 환경에 맞서 자신을 지켜내려는 욕구였을지도 모릅니다. 다른 하나는 성聖 아우구스티누스의 사상이었습니다. 그 사상은 그녀의 정신적 버팀목이 되어주었습니다. 집단 숙소에서는 개인용 책을 소지하는 일조차 철저히 금지되었답니다. 그러나 소피는 아우구스티누스의 저서를 안전한 곳에 숨겨두고 은밀히 읽었습니다.

어느 시대에나 종교 문학의 부흥기가 있었습니다. 초기 기독교 교회의 교부들에서부터 시작해 토마스 아퀴나스로 대표되는 중세의 스콜라 철학에 이르기까지 부

히포의 주교 성聖 아우구스티누스
St. Augustine of Hippo_354~430

흥기는 지속되었고, 이후 명석한 후계자들이 나타나 근
대 프랑스 철학과 신학의 세계에서 종교 문학의 부흥기
를 이어나갔습니다. 소피는 공교회의 신앙 세계와는 관
련 없는 책들까지 다양하게 읽고 이해했습니다.

어느 날 아우구스티누스의 책을 읽던 소피의 눈에 이
런 문장이 들어왔습니다. 이 문장은 이미 천여 년 전에
쓰였지만 소피에게는 바로 자신을 위해 지금 막 쓰인

것만 같았습니다.

하느님께서는 우리를 하느님의 형상대로 창조하셨으니, 우리의 마음은 하느님의 품 안에서 마침내 안식을 찾을 때까지 방황할 수밖에 없노라.

그렇습니다! 지금 소피가 겪고 있는 상황은 어린아이들이 느끼는 막연한 슬픔 같은 것이 아니었습니다. 그보다 훨씬 더 무겁고 짙은 슬픔이었습니다. 이 세계가 하느님으로부터 버림받은, 낯설고 황량한 땅이라는 생각이 소피의 머릿속을 떠나지 않았습니다.

인간은 전문적 작업과 협업을 통해 '문화'라는 세부적인 세련된 건물을 건설하고자 각자의 능력을 지속적으로 발전시켜 왔습니다. 그러나 이처럼 인간들은 문화의 발전을 추구하면서도 언제나 또다시 자신들의 문화를 파괴해 처음의 상태로 되돌려놓습니다. 그 바람에 자신들의 문화뿐만 아니라 자기 자신까지도 파괴하는 결과를 낳고 말았습니다.

소피 숄Sophie Scholl
1921~1943

숙소 가까이에 있는 작은 교회가 소피의 눈에 띄었습니다. 그녀는 종종 그곳으로 발길을 옮겼습니다. 아무도 없는 교회 안에 앉아 오르간을 연주할 때마다 행복을 느꼈습니다. 오르간 소리에 젖어들어 사색에 잠기고 자연의 소리에 귀를 기울일 수 있었으니까요. 갈기갈기 찢어져 상처 난 소피의 내면세계는 자연의 손길로 하나둘 아물어가면서 다시금 삶의 질서와 의미를 되찾았습니다.

자유로운 시간이 주어질 때마다 소피는 숙소 주변의 공원을 산책했습니다. 공원을 거닐다보면 어디로든 숲과 초원으로 가는 길이 열렸습니다. 숲과 초원에 가만히 누워 있노라면 소피 자신도 자연과 한몸이 되었습니다. 평온하게 살아가는 전나무의 모습이 얼마나 아름다웠는지 모릅니다. 나무의 가지에서 태어나 나무의 힘을 먹고 자라난 이끼는 또 얼마나 아름다운지요! 인간의 머리로는 다 헤아리기 어려울 만큼 위대한 생명이었습니다. 소피는 자연 속에 살고 있는 아름답고 경이로운 생명을 마치 숨을 들이마시듯 피부 깊숙이 느꼈습니다.

그러나 그렇게 아름다운 순간도 잠깐이었습니다. 또다시 갈등이 그녀의 마음속으로 들어와서는 모든 세상을 슬픔 속에 가둬 놓았으니까요.

　소피는 이제 집단 숙소를 떠나 자유로운 생활로 돌아왔습니다. 내일이면 소피는 뮌헨으로 가서 자신의 삶을 스스로 만들어갈 수 있게 됩니다. 대학교에서 공부하고 있는 한스 오빠와 함께 말이죠.

　어머니는 마루에 앉아 다림질에 열중하고 계셨습니다. 어머니는 소피의 블라우스 옷깃 한 자락까지 섬세하게 다리면서 딸에 대한 생각에 잠겼습니다.

　'고집불통의 계집아이로만 알았는데 어느새 이 아이도 훌쩍 커버렸네. 어떤 인생이 이 아이를 기다리고 있을까?'

　희망의 물결이 어머니의 마음속을 흘러가고 있었습니다.

　'그래, 소피는 어디에 있든지 자신의 일을 척척 잘 해낼 거야. 이 아이가 손대는 일은 무엇이든 성공이 뒤따를 거라고.'

소피에게 머물렀던 어머니의 생각이 다른 아이에게로 옮겨가더니 막내아들에게 멈추었습니다.

'러시아에 있는 그 녀석, 지금 잘 지내고 있을까? 어서 전쟁이 끝나고 온 식구가 다시 식탁에 모여 앉아 얼굴을 마주 보는 날이 와야 할 텐데.'

어머니는 마룻바닥에 무릎을 꿇고 트렁크를 잠그셨습니다.

"아이들의 인생은 하느님의 손에 달린 거야."

그렇게 말씀하시더니 마루를 청소하기 시작하셨습니다. 바닥을 닦는 중에 낮은 목소리로 노래를 부르셨습니다. 자신의 입에서 무심코 흘러나온 그 노래가 예전에 아이들을 잠재울 때 불렀던 자장가였다는 걸 어머니는 문득 깨달았습니다.

"두 날개를 활짝 펼쳐라……."

어머니의 안색이 좋지 않았습니다. 평소에는 보이지 않던 염려와 불안의 기색이 얼굴에서 떠나질 않았습니다. 그러나 한스와 베르너가 다소 모험이 예상되는 여행을 떠날 때면 어머니는 불안한 표정을 감추기 위해 아이들에게 "조심하라."는 말조차 꺼내지 않으려고 애를 쓰셨습니다. 한스와 베르너가 여행을 마치고 돌아온 어느 날, 어머니는 은밀히 내게만 말씀하셨습니다.

"너희가 집을 떠날 때마다 내가 불안한 마음을 가라앉히려고 얼마나 노력하는지 너희는 모를 거다. 내 마음의 불길한 예감을 속 시원히 이야기해버리면 너희는 여행을 가기도 전에 즐거운 기분을 망치게 되잖니? 그래서 내색하지 않는 거란다."

그러나 어머니의 평화롭던 마음은 무거운 근심의 무게에 자주 억눌리고 있었습니다.

얼마 전에 있었던 일 때문이기도 합니다. 새벽부터 초인종 소리가 요란하게 울렸습니다. 국가 비밀경찰 소속의 세 남자가 아버지를 만나 이야기를 나누고 싶다고 하더군요. 그들은 아버지와 꽤 길게 이야기를 나누더니 곧 집 안을 샅샅이 뒤지기 시작했고 아버지를 어디론가 데리고 가버렸습니다. 그날 우리는 우리가 가진 힘이 고작 이 정도밖에 안 되는가 하는 생각에 망연자실했습니다. 이 나라, 독일에서 '한 사람'이란 어떤 의미를 가진 존재란 말입니까? 손가락 끝으로 툭 튕겨버리면 떨어져 나갈 한 점의 티끌 같은 존재가 이 나라 '국민'의 존재였나 봅니다.

아버지께서 감옥에서 석방되신 것은 의외의 행운이었습니다. 그렇다고 해서 사건이 완전히 끝났다고 볼 수는 없었습니다. 알고 보니 아버지는 직장 동료에게 고발을 당하신 거였는데 직원들과 함께 두런두런 이야기를 나누다가 무심코 히틀러를 비판하신 것이 화근이 되었습니다. 그때 아버지는 히틀러를 "저주받을 녀석!"이라고 비난하셨다고 합니다.

앞으로 우리에게 또 어떤 일이 기다리고 있을까요? 우리는 모든 일이 좋은 방향으로 돌아서겠지 하는 희망을 가득 품어보기도 했답니다. 하지만 일 분 일 초도 마음을 놓을 수 없었습니다. 두려운 폭력의 손길이 우리를 엄습할지도 모른다는 싸늘하고 고통스러운 느낌이 마음 한편에서 벌레처럼 날마다 스멀스멀 기어나오는 것 같았습니다. 다음 희생자는 누구일지 아무도 알 수 없었습니다.

"이 아이를 무사하게 지켜주소서."라고 늘 말씀하시던 어머니도 오늘은 여행에 들떠 있는 소피의 즐거운 얼굴을 바라보시며 부르던 노래를 끝까지 이어가셨습니다. 여행에 필요한 여러 가지 물건들을 챙겨주시느라 마음의 근심도 잠시 접어두었습니다.

다음 날 아침, 여행 준비를 끝내고 기대감에 들떠 있던 내 동생 소피의 얼굴이 지금도 눈앞에 아른거립니다. 어머니가 손수 가꾸신 정원에서 피어난 노란 엉겅퀴 꽃이 그 아이의 옆머리에 꽂혀 아름답게 빛나고 있었지요. 어깨 위에서 찰랑거리던 그 아이의 암갈색 머리카락이 눈부신 빛을 뿜어내고 있었습니다. 소피는 크고 검은 눈동자로 탐색하듯이 세상을 살피고 사랑을 품은 눈빛으로 세상을 바라보았습니다. 소피의 얼굴은 세월이 흘러도 여전히 어린아이처럼 맑고 온유했습니다. 그 아이의 눈에는 이제 막 세상을 구경하기 시작한 어린 짐승의 호기심과 한 곳에만 집중하는 진지함이 깃들어 있었습니다.

마침내 뮌헨의 기차역에 도착한 소피는 저 멀리서 미소를 지으며 서 있는 오빠 한스의 얼굴을 보았습니다. 소피에게는 그곳의 모든 것들이 친숙하게만 느껴졌습니다.

"오늘 저녁에 내 친구들을 소개해줄게."

한스는 이렇게 말하고는 소피 옆에서 큰 걸음으로 활기차게 걸어갔습니다. 그날 저녁, 한스 남매와 모든 친구가 한자리에 모였습니다. 소피의 생일을 축하하기 위해 모인 자리였습니다. 그 당시에는 구하기 어려운 케이크가 자리를 빛내주었습니다. 친구 중 누군가가 시를 낭송하자고 제안했습니다. 어느 시인의 시를 낭송해야 할지 각자 마음에 드는 시를 추천하면서 의견을 나누었습니다. 모두의 마음이 모임에 쏠려 있었습니다.

"자, 이제 여러분에게 아주 어려운 수수께끼 하나를 내겠습니다."

한스가 열정적인 목소리로 외쳤습니다. 그러더니 작은 서류 가방 속에서 타자기로 기록된 종이 한 장을 꺼내 읽기 시작했습니다.

캄캄한 동굴 속에서

사방을 기웃거리며 기어 나오는 도둑 하나.

돈지갑을 움켜쥐려던 그놈은

욕심에 겨워 더 값진 것을 찾는다.

도둑은 아무것도 남지 않는 싸움과

잘못 이용된 지식과

갈기갈기 찢어진 깃발과

바보 같은 국민을 보게 될 것이다.

어느 곳을 밟든지 도둑의 눈에는 보인다.

궁핍에 신음하는 시대의 공허가.

그럼에도 도둑은 파렴치하게 활보할 수 있다.

그것도 모자라 도둑은 예언자가 된다.

더러운 두 발로

쓰레기 더미 위에 올라가서

어리석은 세상을 향해

그럴듯한 인사말을 속삭인다.

구름에 둘러싸이듯

야비함에 에워싸여

거짓말쟁이 도둑은 국민 앞에 선다.

곧 거대한 권력을 움켜쥐고 고개를 쳐든다.

그를 뽑는 선거에

모든 것을 제공한 그의 도우미들은

말할 것도 없거니와

까치발로 서 있든, 잔뜩 웅크리고 있든

기회를 엿보는 사람들뿐이다.

하느님의 사자가 언젠가

다섯 개의 빵을 나누어 주었듯이

국민은 그의 입에서 나온 약속의 말을 나눠 가진다.

그의 말은 시간이 흐를수록 땅을 오염시킨다.

처음에는 개 한 마리, 바로 그 도둑만 거짓말을 했으나

지금은 그를 따르는 수천 명이 거짓말에 익숙하다.

때아닌 폭풍이 휘몰아치듯

도둑의 한 닢 동전은 돈 보따리로 부풀려졌다.

싹은 거침없이 쑥쑥 뻗어오르고

땅은 바뀌고 말았다.

대중은 수치스런 나날들을 살아가고

'비열'이란 놈은 껄껄 웃고 있다.

이제야 알게 될 줄이야!

처음부터 무언가가 조작되었다는 것을.

선한 자들이 사라진 자리에

악한 자들이 의기양양하게 서 있다는 것을.

언젠가 이러한 고난이

얼음 녹듯 서서히 사라지면

사람들은 누군가의 죽음에 대해 이야기하듯

예전의 고난에 대해 이야기하리라.

아이들은 들판 위에

허수아비를 만들어 세우리라.

슬픔의 심연으로부터 기쁨의 불꽃을 활활 지펴 올리고

오랜 암울의 시대로부터 새 아침의 빛을 길어 올리리라.

스위스의 시인, 소설가, 정치가 고트프리트
켈러Gottfried Keller_1819~1890

한동안 정적이 흘렀습니다.

"훌륭해!"

크리스토프가 긴 적막을 깼습니다.

"한스, 너 참 대단하구나. 총통에게 바칠 시를 낭송하다니. 이 시야말로 국민을 감시하는 총통에게 딱 어울리는 시야."

시에 깃들어 있는 이중적 의미에 매력을 느낀 알렉스

는 그 시가 누구의 작품인지 한스에게 물었습니다.

"19세기에 고트프리트 켈러가 쓴 시야."

"그렇다면 더 잘됐어. 원고료를 지불하지 않아도 되니까 인쇄해서 독일 전 지역에 뿌리면 되겠구나."

그때 소피의 머릿속에 문득 술병이 떠올랐습니다. 그 순간 뮌헨에 있는 영국풍 공원에 가서 술을 마시자고 알렉스가 제안했습니다.

"모두 저 달을 좀 봐! 맛좋은 달걀부침처럼 크고 노란 황금빛 달이야. 우린 저 달을 맛봐야 해."

모두 영국풍 공원으로 달려가서 긴 끈으로 술병을 단단히 동여맨 다음 차가운 살얼음의 강물 속에 담갔습니다. 알렉스는 발랄라이카 선율을 타고 노래를 부르기 시작했습니다. 한스는 기타를 쳤습니다. 그들은 갑자기 마법에 취한 듯 무언가에 홀려 흥겹게 노래를 불렀습니다.

그날 밤 소피는 오빠 한스의 집에서 잠을 청했습니다. 그날 저녁에 있었던 일들이 소피의 머릿속에서 떠날 줄 몰랐습니다. 특히 그날 모임에서 만났던 대학생들이 방학 동안 일반 병원과 야전병원에서 했던 봉사

활동에 관해 들려준 이야기가 자꾸 생각났습니다.

"환자의 병상마다 찾아다니며 위태로운 생명을 돌보고 보듬어주는 것보다 더 아름다운 일은 이 세상에 없을 거야. 그때가 바로 한없는 행복감을 느끼는 순간이라고."

한스가 이렇게 말하자 누군가가 반론을 제기했습니다.

"우리가 이렇게 방 안에 앉아서 사람을 치료하는 방법을 배우고 있는 동안에도 무수한 젊은 생명이 죽음 속으로 향하고 있어. 이런 상황에서 우리가 의학을 배운다는 것은 무의미한 일이 아닐까? 우리는 무엇을 기다리고 있는 걸까? 전쟁이 끝나는 날이 오면 모든 국민이 우리를 손가락질하며 비난하지 않을까? 우리가 그런 엉터리 정부에 전혀 저항하지 않고 그럭저럭 살아왔다고 말이야."

이런 대화를 주고받으면서부터 '저항'이라는 단어가 화제가 되었습니다. 처음 '저항'이라는 말을 시작한 사람이 누구인지는 소피도 기억나지 않았습니다. 그러나 유럽의 모든 지역에서 히틀러의 독재와 더불어 시작된 억압과 공포와 궁핍을 거부하며 '저항'이 눈을 떴다는 것만큼은 분명한 사실이었습니다.

한스가 낭송했던 고트프리트 켈러의 시는 잠결에도 소피의 뇌리에 깊은 의미를 새겼습니다. 반쯤 꿈속으로 빠져들려고 할 때 소피의 눈에 독일의 파란 하늘을 가득 채운 전단들이 나비처럼 팔랑거리며 땅으로 내려오는 것이 보였습니다.

"복사기가 필요해."

소피는 잠결에 한스가 이렇게 말하는 것을 들었습니다.

"어떻게 마련할 건데?"

"아, 이런! 내 귀여운 동생 소피를 또 깜빡 잊어버렸네. 나는 너를 귀찮게 하고 싶지 않아."

그 당시 우리는 정부가 개신교 교회의 젊은 신학자를 움직여 '기독교 교리 개정'을 추진하고 있다는 사실을 알게 되었습니다. 나치 정부가 일방적으로 자신들의 입장에서 기독교의 근본 원칙을 해석하려는 것이었습니다. 나치 정부는 교단에서 온갖 고난을 겪고 있는 성직자들을 찾아내어 그들 뒤에 숨어 끔찍한 신성모독 행위를 주도해나갔습니다.

만행은 여기에서 끝나지 않았습니다. 그들은 미혼 여성과 부녀자들에 대해서도 비밀스럽고 음흉한 계획을 꾸몄습니다. 그들은 전쟁 후에 겪을 전무후무한 인명 손실을 막기 위해 후안무치한 인구 증가 정책을 짜냈습니다. 이미 관구 지휘관인 기슬러는 대규모 대학생 집회에서 여대생들에게 거침없이 이렇게 외쳤습니다.

"여러분은 대학교에 죽치고 앉아 있기보다는 총통 각하께 한 명의 아이라도 더 선사해드리는 일에 힘써야 합니다."

학생들은 뮌헨대학교에서 가장 신뢰할 만한 최고의 교수를 찾아냈습니다. 그는 쿠르트 후버 교수였습니다. 소피는 그 교수의 철학 강의를 듣기도 했습니다. 그는 철학뿐만 아니라 민요 연구에서 탁월한 업적을 세워 명성을 쌓았습니다.

후버 교수의 강의는 의과대학생들도 모여들 정도로 붐볐기 때문에 자리를 잡으려면 매우 일찍 강의실에 도착해야 했습니다. 강의 중에 학생들의 귀에 들려오는 후버 교수의 정치적 견해는 자연스럽게 학생들의 공감을 이끌어냈습니다.

후버 교수는 라이프니츠의 철학, 특히 '변신론'을 강의했습니다. 이 강의는 참으로 훌륭했습니다. 변신론이란 하느님의 정의正義를 정당화하는 논리로 알려져 있습니다. 변신론은 철학 분야에서도 아주 중요하고 어려운 영역입니다. 특히 전쟁이 벌어지고 있는 시대에 변신론의 의미를 찾는다는 것은 여간 어려운 일이 아니죠. 살육과 고통이 판을 치는 세상에서 하느님의 정의로운 흔적들을 도대체 어떻게 느낄 수 있게 한단 말입니까?

후버 같은 교육자가 하느님의 흔적들을 제시하고 해석해준 것은 대학생들에게 중요한 경험이 되었습니다. 하느님의 질서에서 벗어날 뿐만 아니라 '하느님'이라는 존재 자체를 아예 없애버리려는 지금의 시대를 향해 그의 가르침은 광명의 빛을 던지는 것 같았습니다.

하지만 안타깝게도 그의 강의는 오래 가지 못했습니다. 그러자 한스는 후버 교수를 개인적으로 찾아갔습니다. 한스는 후버 교수와 대화를 나누며 친교를 가졌고, 후버 교수도 가끔 한스와 그의 친구들 모임에 찾아와서 격의 없이 의견을 교환하곤 했습니다. 후버 교수는 그들이 궁금해하는 모든 문제에 대해 그들과 마찬가지로 뜨거운 관심을 가지고 있었습니다. 그의 머리카락은 이미 황혼빛으로 물들었지만 그의 생각만큼은 학생들과 같았습니다.

소피가 뮌헨에 도착한 지 채 6주가 지나기도 전에 대학교에서 참으로 믿기 어려운 사건이 일어났습니다. 나치를 비판하는 전단들이 사람들의 손에서 손으로 떠돌아다닌 것이었습니다. 대량으로 복사해 퍼뜨린 전단이었습니다. 대학생들은 흥분을 가누지 못했습니다. 무언가를 해냈다는 승리감과 끓어오르는 열정, 역겨워하는 거부감과 치를 떠는 분노가 뒤섞여 불길처럼 번져가고 있었습니다.

소피도 그 소식을 듣고는 남몰래 환호성을 질렀습니다. 그렇습니다. 마침내 누군가가 가슴에 품은 뜻을 결행한 것이지요. 소피는 전단을 손에 꼭 쥐고는 읽기 시작했습니다. 전단에는 '백장미 전단'이라는 제목이 달려 있었습니다.

한 나라의 국민으로서, 무책임하고 어두운 충동에 빠진 통치자에게 아무런 저항도 하지 않고 무기력하게 '지배'당하는 것보다 더 굴욕적인 일은 없습니다.

전단을 한 줄 한 줄 읽어 내려가는 소피의 눈동자는 빛나고 있었습니다.

모두 누군가가 먼저 시작하기를 바라고 기다리기만 한다면 복수의 여신 네메시스의 사자들이 지체 없이 점점 더 가까이 다가오게 될 것입니다. 살육에 만족할 줄 모르는 악마의 복수에 사로잡혀 마지막 한 사람까지도 허망하게 희생되고 말 것입니다. 그렇게 되지 않으려면 이 나라의 모든 개인이 기독교와 서양 문명의 구성원이라는 책임감을 가지고 최후의 일각까지 맞서 싸워야 합니다. 인간성을 짓밟는 파시즘에 저항해야 합니다. 절대국가와 유사한 모든 조직에 저항해야 합니다. 저항, 적극적인 저항이 필요합니다. 언제 어디서든 하느님을 부정하는 이 전쟁 기계 집단의 계속되는 망동을 막아야 합니다. 너무 늦기 전에, 마지막 남은 도시들이 쾰른처럼 폐허의 잿더미가 되기 전에, 이 민족의 마지막 남은 청년들마저 비인간적인 한 인간의 망상으로 인해 피를 흘리며 죽어가기 전에 우리 모두 저항의 기치를 세워야 합니다. 잊지 마십시오. 어떤 국민이든지 자신이 지지하는 바로 그 정부만을 섬길 수 있다는 것을.

소피는 전단을 읽는 동안 이상하다는 생각이 들 정도로 친근감을 느꼈습니다. 그 말들이 소피의 생각과 같았으니까요. 순간 그녀는 마음속에서 갑자기 솟구치는 의구심 때문에 심장이 멎는 듯했습니다.

"한스 오빠가 복사기가 필요하다고 했는데 그게 무심코 내뱉은 말이 아니었나? 아냐, 그럴 리가 없어. 그렇진 않을 거야."

대학교 건물에서 밝은 햇살이 쏟아지는 거리로 걸어

나오자 걱정은 씻은 듯이 사라져버렸습니다. 조금 전까지 그렇게 어처구니없는 의구심을 가졌던 것이 오히려 이상하게 여겨졌습니다. 뮌헨 곳곳에서는 나치에 맞서 저항하는 일이 비밀리에 진행되고 있었으니까요.

불과 몇 분 후에 소피는 한스의 방에 와 있었습니다. 벽마다 새롭게 두각을 나타내고 있던 프랑스 화가들의 복제된 그림이 걸려 있었습니다. 오빠가 없는 빈방에 서 있는 소피는 오늘 한 번도 보지 못한 오빠가 아마도 병원에 치료받으러 갔을 것으로 생각했습니다. 조금 전에 본 전단의 내용은 소피의 머릿속에서 지워졌습니다.

소피는 책상 위에 놓여 있는 책들을 손에 잡히는 대로 몇 페이지씩 넘겨보았습니다. 그러다가 어느 책에서 알아보기 쉽게 연필로 밑줄을 그은 문장을 발견했습니다. 겉표지가 고풍스럽게 장식된 고전주의 시대의 책이었습니다. 쉴러의 작품이었지요. 소피의 눈에 들어온 페이지는 쉴러가 '리쿠르고스와 솔론의 입법'에 관한 견해를 밝힌 부분이었습니다. 그녀는 쉴러의 글을 읽기 시작했습니다.

독일의 대문호, 사상가 프리드리히
쉴러Friedrich Schiller_1759~1805

국가 자체도 수단이 되어 섬겨야 할 최선의 가치가 있다.
어떤 희생도 그 최선의 가치를 위해서만 정당화될 수 있다.
그 최선의 가치가 희생되어서는 안 된다. 국가 자체는 목적
이 아니다. 국가는 인간성이 가지는 목적이 실현될 수 있
는 조건을 만들어준다는 의미에서만 중요할 뿐이다. 여기
서 인간성이 가지는 목적이란 인간이 가질 수 있는 모든 힘
을 길러주는 것과 발전시켜주는 것을 말한다. 국가의 헌법

에 문제가 있다면 기꺼이 부정하라! 인간의 내면에 잠재해 있는 모든 힘을 끌어내어 발전시켜라! 헌법이 인간 정신의 진보를 방해한다면 그런 헌법은 인간에게 해로운 것이므로 얼마든지 배척해도 좋다. 어떤 경우에도 헌법은 충분히 숙고하고 또 숙고해 헌법답게 제정되어야 한다.

왠지 처음 읽는 글이 아닌 것 같았습니다. 그렇다면 소피는 어디에서 이 글을 읽었단 말인가요? 그렇습니다. 바로 그 전단입니다. 전단에 적혀 있던 문장들이었습니다. 그 순간의 고통이 어찌나 길게 느껴지던지 소피는 마음을 가눌 수 없었습니다. 숨 막히는 두려움이 그녀의 가슴을 짓눌렀습니다. 오빠 한스를 한없이 비난하고 싶은 충동이 마음속에서 솟구쳤습니다.

'왜 이럴 때 일을 벌이는 거야? 아버지 생각은 전혀 하지 않는 거야? 사랑하는 가족은 아예 머릿속에서 떠오르지도 않는 거야? 가족 모두 위험에 빠지게 되었잖아! 그런 일이라면 정치가들이나 그쪽에 경험 많고 능통한 사람들에게 맡기지, 어째서 자기가 떠맡느냐고! 어째서 자기 생명을 위대한 일과 남다른 사명에 바치지 않고 고작 이런 일에 바치느냐고!

하지만 두 번 다시 생각하기도 싫을 만큼 끔찍한 일이 이미 일어나고 만 것을 어떡하겠어? 오빠는 이미 한 마리 새가 되어 하늘을 자유롭게 날고 있는 거야. 오빠는 마지막 남은 안전지대를 박차고 나온 거야. 이제 오빠는 험난한 모험의 땅에서, 생존의 경계에서, 인간을 위한다는 명분으로 야금야금 새로운 땅을 획득해야만 하는 저 섬뜩한 세계 한복판에 서서 고통스럽게 투쟁하는 신세가 된 거라고.'

소피는 치솟는 두려움을 억누르려고 애썼습니다. 전단이나 '저항' 같은 낱말 따위는 생각에서 지우려고 애썼습니다. 지금 이 순간은 사랑하는 오빠만을 생각하려고 했습니다. 한스는 위험한 망망대해에서 길을 잃은 돛단배와 같았으니까요. 그렇다면 위험에 빠진 한스를 저렇게 홀로 내버려두어야 하나요? 가만히 앉아서 한스가 죽음의 구덩이 속으로 휩쓸려 들어가는 것을 보고만 있어야 하나요? 지금이라도 오빠를 지켜주어야 하지 않을까요?

하느님! 모든 것이 예전의 상태로 돌아갈 수는 없는 건가요? 소피가 한스를 안전한 땅으로 데리고 가서 부모님과 세계와 자신의 인생과 조화롭게 살도록 할 수는 없는 건가요? 그러나 소피는 똑똑히 알고 있었습니다. 한스가 안전하게 살 수 있는 경계를 훌쩍 넘어버렸다는 것을. 그에게는 더 이상 되돌아갈 길이 남아 있지 않다는 것을.

마침내 한스가 돌아왔습니다.

"그 전단이 어디서 나온 건지 오빠는 알아?"

소피가 물었습니다.

"요즘은 알아서는 안 될 일들이 많단다. 혹시라도 다른 사람을 위험에 빠뜨리게 하면 안 되니까 말이야."

"오빠! 그렇지만 그런 일은 혼자서 할 수 있는 일이 아니잖아! 요즘 그런 일을 혼자서만 알아야 한다는 게 뭘 의미하는지 알아? 끈끈한 인간관계를 끊어 놓고 우리를 고립시켜서 아예 싹을 뽑아버리려는 저들의 힘이 얼마나 두려운지를 증명해줄 뿐이란 말이야. 그러니까

오빠 혼자서만 저들에 맞서 싸워서는 안 돼."

그날 이후 아주 짧은 간격을 두고 '백장미 전단'이 세 번이나 모습을 드러냈습니다. 그 전단은 대학교 밖에서도 나타나더니 뮌헨의 전 지역에 나부끼다가 집집이 우편함에 꽂히게 되었습니다.

뮌헨만이 아니었습니다. 남부 독일에 있는 다른 도시들에도 전단이 뿌려졌습니다. 하지만 그 전단은 이후로 더 이상 볼 수 없게 되었습니다.

의대생들이 방학 동안 러시아 전선에 파송될 것이라는 소문이 파다했습니다. 학기가 끝나기 바로 전날 밤에 정말로 상부에서 명령이 내려왔지요. 소문이 현실이 된 것입니다. 그날부터 의대생들은 며칠 동안 러시아 전선으로 떠날 채비를 하느라 분주히 움직여야 했습니다.

친구들이 다시 모였습니다. 러시아로 떠나기 전날의 저녁이었습니다. 그들은 송별회를 하려고 했습니다. 그 자리에는 후버 교수도 와 있었습니다. 그 밖에 믿어도 좋을 몇 명의 대학생들도 초대를 받았습니다. 벌써 몇 주가 지났지만 그들 모두 전단에 대한 생각에 사로잡혀 있었습니다. 그동안 다른 친구들도 소피가 한스 곁에서 남의 눈에 띄지 않게 실행한 것과 비슷한 방법으로 이 위대한 책임을 함께 짊어지고 나아갔습니다. 이날 그들은 모든 일을 처음부터 다시 점검하고 의견을 교환하려고 했습니다. 진지한 토론 끝에 그들은 다음과 같은 결론을 내렸습니다.

"행운이 따라 러시아에서 돌아오게 된다면 '백장미'의 활동은 본격적으로 전개될 것입니다. 빈틈없이 잘 짜인 강력한 저항이 거침없이 시작될 것입니다."

그들 모두 그 모임이 좀 더 확대되어야 한다는 의견에 일치를 보았습니다. 이날 모인 각각의 사람은 지인 중에서 이 일에 헌신할 만큼 충분히 믿을 만한 사람을 아주 세심하게 살피고 검증하기로 했습니다. 그리하여 새롭게 동지가 된 사람에게는 거창하지는 않지만 중요한 과제를 맡기기로 했습니다. 이 모임의 전체 네트워크는 한스가 주관해 운영하기로 합의했습니다.

잠시 후 후버 교수가 말문을 열었습니다.

"밤의 장막에 갇혀 있는 독일 땅에서 우리의 임무는

진실을 외치는 소리가 최대한 분명하고 크게 울려 퍼지도록 하는 것입니다. 우리는 수백만 독일인의 가슴속에서 저항의 불길이 눈부시게 타오를 수 있도록 불쏘시개 역할을 해야 합니다. 히틀러에 맞서 혈혈단신으로 외롭게 싸우고 있는 모든 개인에게 그들과 같은 뜻을 품고 있는 동지들이 있다는 사실을 알려주어야 합니다. 우리가 그렇게만 한다면 그들은 인내심을 가지고 용기를 얻게 될 것입니다.

그 밖에도 할 일이 더 있습니다. 우리를 지배하고 있는 이 정권의 검은 속셈을 아직도 분명하게 파악하지 못한 독일인에게 이 정권의 의도를 똑똑히 깨닫게 해주고, 그들의 생각 속에 저항하려는 결심을 확고히 심어주어야 합니다. 자유를 온전히 지켜내려는 정신을 일깨워주어야 합니다. 유럽의 다른 민족과 연합해 독재 체제를 뿌리 뽑고 이전보다 더 인간적인 세계를 세워, 참으로 아름다운 순간을 함께 누리게 될 때야 비로소 우리의 임무는 이루어졌다고 말할 수 있을 것입니다."

"만일 그 일이 이루어지지 않는다면 어떻게 되는 거

죠?"

누군가가 질문을 던졌습니다.

"저항하려는 의지의 싹이란 싹은 모조리 질식시켜버리는 공포와 불안의 철벽에 당당히 맞서 싸운다는 것이 말씀처럼 가능한 일인지 확신이 서지 않습니다."

크리스토프가 격앙된 목소리로 대답했습니다.

"어려움을 무릅쓰고서라도 우리는 이 일을 과감하게 밀고 나가야 합니다."

"우리는 우리의 헌신과 열정을 다해 독일 땅에서 인간의 자유를 지키려는 정신이 죽지 않았음을 보여주어야 합니다. 언젠가는 인간적인 것이 드높이 솟아올라야 합니다. 물론 인간적인 것도 또다시 무너져 부서지는 날이 오겠지요. 설령 그렇게 될지라도 우리는 '안 된다'는 생각을 극복해야 합니다. 인간이 가진 가장 인간답고 내밀한 것을 마음대로 유린하면서 거기에 저항하려는 자들을 송두리째 뿌리 뽑으려는 독재 권력에 맞서 싸워야 합니다.

우리는 '삶'과 '생명'을 위해 저항해야 합니다. 그 누구도 우리에게서 이 책임을 빼앗아갈 수 없습니다. '국가사회주의'라는 '나치' 정권의 이데올로기는 우리 민족을 덮친 사악한 정신질환의 병명일 뿐입니다. 이 질병을 퇴치하기까지 오랜 시간이 걸린다고 해도 우리는 가만히 지켜보고 있거나 침묵해서는 안 됩니다."

이날 밤 그들은 오랜 시간 자리를 뜨지 않고 열띤 토론을 벌였습니다. 찬성과 반대가 교차하면서 생각이 오고갔습니다. 토론하는 중에 그들은 확고한 신념을 얻었습니다. 그 신념은 그들의 내면세계를 하나로 결속시키는 데 꼭 필요한 힘이었습니다. 잘못된 방향으로 흐르고 있는 시대의 강물을 거슬러 헤엄친다는 것은 매우 힘겨운 일이기 때문입니다. 게다가 자기 민족이 전쟁에서 패배하기를 원해야 한다는 사실만큼 어렵고 비통한 일은 없죠. 그런 까닭에 흔들리지 않는 확고한 신념이 필요했던 것입니다. 뼛속 깊이 골수를 갉아먹는 기생충으로부터 민족을 해방시키기 위해서는 전쟁에서 지는 것만이 유일한 가능성으로 보였으니까요.

다음 날 대학생들은 러시아 전선으로 떠났습니다. 한

스와 친구들이 떠나고 없는 뮌헨은 소피에게 텅 빈 낯선 도시였습니다. 남아 있을 의미를 잃어버린 소피는 곧 짐을 챙겨 고향으로 돌아갔습니다.

소피가 집에 돌아온 지 얼마 되지 않은 어느 날 아침, 아버지는 특별 법정으로부터 기소장을 받았습니다. 곧 재판이 진행되었고, 아버지는 4개월의 징역형을 선고받았습니다.

아버지는 투옥되었고 한스 오빠, 남동생, 친구들은 모두 러시아 전선에 가 있었습니다. 끝이 보이지 않는 아득히 먼 곳이었습니다.

고향 집은 쥐 죽은 듯 고요했습니다. 그러나 적막이 흐르는 중에도 소피는 집의 아름다움을 느끼며 집 안에서 의미 있는 생활을 누렸습니다. 그녀의 생활은 이 시대의 깊고 은밀한 바다 한가운데 표류하는 한 척의 배 같았습니다. 어둡고 어마어마한 파도 위에서 이리저리 흔들리고 요동치는 한 척의 돛단배 말이지요.

번개 치고 천둥소리가 요란스레 울리던 어느 날, 소

피는 같은 건물에 살고 있던 어린 소년과 이야기를 나누었습니다. 소피는 그 소년을 매우 좋아했습니다. 소년을 데리고 소피는 지붕의 발코니로 올라갔습니다. 우르르 몰려오는 소나기에 빨래가 흠뻑 젖기 전에 빨래를 걷으려고 했던 것입니다. 지축을 흔드는 듯한 천둥소리에 잔뜩 겁을 먹은 소년은 눈이 휘둥그레져 소피를 쳐다보았습니다. 그러자 소피는 손가락으로 피뢰침을 가리켰습니다. 피뢰침의 기능에 대해 설명해주자 소년이 물었습니다.

"하느님도 피뢰침에 대해 무언가 알고 계실까요?"

"하느님은 모든 피뢰침을 다 알고 계신단다. 그것보다 훨씬 더 많은 것을 알고 계시지. 그렇지 않다면 이 세상 어느 곳에든 작은 돌멩이 하나조차 남아 있지 않을 거야. 그러니까 두려워할 필요 없단다."

이따금 어머니의 옛 친구들이 찾아오곤 했습니다. 슈바벤 지방의 여성 회원들이었습니다. 슈바벤에는 정신 질환을 앓고 있는 아이들을 위한 요양소가 있었습니다.

어느 날 여성 회원 한 분이 찾아왔는데, 망연자실한 것처럼 안색이 침울해 보여서 소피는 어떻게 기운을 북돋워주어야 할지 고민했습니다.

잠시 후 부인은 고통스럽게 근심하는 이유를 들려주었습니다. 지금까지 그녀가 돌보던 아이들이 얼마 전부터 나치 친위대의 수송차에 실려 가서 가스실에 갇히는 신세가 되었다는 것입니다. 이 일은 흑막에 가려진 듯 은밀하게 진행되었는데, 가장 먼저 실려 간 아이들이 돌아오지 않아 요양소에 있는 다른 아이들이 모두 불안에 사로잡혀 있다고 했습니다.

"아주머니! 아이들을 태운 자동차는 어디로 갔나요?"

"아이들은 하늘나라로 갔단다."

남아 있는 아이들이 물으면 부인은 이렇게 대답할 뿐, 달리 설명할 길이 없었습니다. 그때부터 아이들은 노래를 흥얼거리며 낯선 자동차에 올라탔습니다. 요양소의 한 의사가 분통이 치밀어 소리를 질렀습니다.

"안 돼! 차라리 내 시체를 밟고 넘어가! 이 아이들만큼은 안 된다고."

의사의 절규가 아이들의 죽음을 막을 수는 없었지만 학살의 흉계를 저지하려는 끈질긴 저항이 전혀 성과 없이 끝난 것은 아니라는 사실이 뒤늦게 밝혀졌습니다.

한 병사가 러시아 전선에서 휴가를 받아 고향 집으로 돌아왔습니다. 그는 요양소에서 정신질환 치료를 받던 한 아이의 아버지였습니다. 그는 한 번도 아이가 건강한 정신을 회복하리라는 희망을 버린 적이 없었습니다. 모든 사람이 자신의 아이를 아끼고 사랑하듯이 그도 아이를 무척 사랑했습니다. 그러나 러시아 전선에서 집으로 돌아왔을 때 그의 아이는 이미 이 세상 사람이 아니었습니다.

뜻밖의 행운이 찾아왔습니다. 한스가 막냇동생의 부대 근처에 있는 전선에 배치된 것이었습니다. 드넓은 러시아 땅에서 동생 베르너를 수소문하며 다니던 중 갑자기 어느 벙커 앞에서 귀에 익은 동생의 목소리를 들었을 때 터져 나오는 기쁨과 놀라움을 어찌 형언할 수 있을까요?

황금빛 햇살이 눈부시게 쏟아지던 늦여름의 어느 날이었습니다. 한스는 아버지가 재판을 받았다는 소식을 들었습니다. 곧바로 그는 말을 타고 베르너에게 갔습니다.

"집에서 편지가 왔어."

한스는 막냇동생에게 편지를 건네주었습니다. 베르너는 그것을 읽고 나서도 아무 말이 없었습니다. 반쯤은 감은 듯한 눈으로 아무 말 없이 먼 곳을 바라보고만 있었습니다. 그때 한스가 평소 집에서는 하지 않던 행동을 했습니다. 동생의 어깨 위에 손을 얹고 이렇게 말한 것입니다.

"우리는 다른 사람들과는 무언가 다르게 살아야 해. 그것이 우리가 지켜야 할 명예란다."

한스는 말을 타고 천천히 부대로 돌아갔습니다. 그의 마음속에 끝없는 슬픔의 물결이 넘쳐흘렀습니다. 슬픔과 함께 지나간 기억들이 떠올랐습니다.

한스와 병사들을 태운 수송 열차가 폴란드 국경 가까이에 있는 어느 작은 역에 몇 분간 멈춰 서 있었을 때의 일입니다. 한스는 부녀자들과 미혼 여성들이 철도에서

허리를 굽히고 무언가를 하는 모습을 보았습니다. 여인들은 손에 곡괭이를 들고 남자들이 해야 하는 중노동에 시달리고 있었습니다. 여인들의 가슴에는 유대인을 표시하는 노란별이 붙어 있었습니다.

한스는 수송 열차의 창문을 열고 뛰어내려 여인들에게 걸어갔습니다. 가장 앞에 서 있던 여인은 얼굴이 여위고 손이 가냘픈 아가씨였습니다. 얼굴에 짙은 애수가 깃들어 있는 아름답고 지적인 여인이었습니다. 그녀에게 선물할 만한 게 없을까 하고 생각하던 한스의 머릿속에 양철로 된 '레이숑' 상자가 문득 떠올랐습니다. 그 상자에는 호두와 포도를 적절히 섞어 만든 초콜릿이 들어 있었습니다. 한스는 상자를 아가씨에게 건넸습니다. 하지만 그녀는 무언가에 쫓기는 사람처럼 불안하고 몹시 불쾌한 기색으로 레이숑 상자를 한스의 발 앞에 내던졌습니다. 상자를 주워 든 한스는 그녀의 얼굴을 바라보고 웃으며 말했습니다.

"작은 기쁨이나마 드리려고 했던 것뿐인데요."

한스는 몸을 굽혀 데이지 꽃 한 송이를 꺾어 상자와

함께 그녀의 발아래 놓았습니다. 곧 수송 열차가 움직이기 시작했습니다. 한스는 몇 마디 축복의 말을 하고는 서둘러 기차 위로 뛰어 올라갔습니다. 기차에 올라탄 한스는 창밖을 내다보았습니다. 아가씨는 하얀 데이지 꽃을 머리에 꽂고 그곳에 서서 떠나는 기차의 모습을 끝까지 지켜보았습니다.

어느새 또 하나의 기억이 떠올랐습니다. 한스는 강제 노동에 끌려가는 사람들의 행렬 끝에서 어느 유대 노인의 눈동자를 본 적이 있습니다. 노인의 얼굴에는 학자로서 살아왔던 세월이 뚜렷이 새겨져 있었고, 그의 눈에는 슬픔의 빛이 흐르고 있었습니다. 그때까지 한스가 한 번도 본 적이 없는 슬픔이었습니다. 한스는 자기도 모르게 담뱃갑을 꺼내 슬며시 노인의 손에 쥐여주었습니다. 담뱃갑을 받는 순간 그의 눈동자에서 반짝거리며 바람처럼 스쳐 가던 기쁨의 인상을 한스는 언제까지나 잊지 못할 것만 같았습니다.

고향의 병원에서 일하던 어느 봄날의 영상도 떠올랐습니다. 부상당한 병사 한 명이 퇴원을 앞두고 있었습니다. 부상이 심해 큰 수술을 받은 환자였습니다. 그런데 퇴원 바로 직전에 갑작스럽게 그의 상처에서 또다시 출혈이 시작되었습니다. 의료진이 최선을 다해보았지만 모든 노력은 헛수고로 끝났습니다. 의사들의 손에 몸을 맡긴 채 그는 피를 흘리며 죽어갔습니다.

그 모습에 엄청난 충격을 받은 한스는 밖으로 뛰어나갔습니다. 병원을 나서는 순간 한스는 조금 전에 피를 흘리며 죽어간 남자의 젊은 부인과 마주쳤습니다. 부인은 기대감으로 가득 차 행복한 표정으로 화려한 꽃다발을 한 아름 안고 남편을 데리러 오는 길이었습니다.

언제쯤이면 그날이 올까요? 평범하게 살아가는 수백만 시민들의 작은 행복보다 더 중요한 것은 없다는 사실을 이 나라는 언제쯤 깨닫게 될까요? 언제쯤이면 이 나라가 모든 사람의 인생과 소박한 일상을 망각해버리는 이념들로부터 해방될 수 있을까요? 눈에 띄진 않는다 해도 개인과 민족을 위해 평화를 수호하려는 노력의 발걸음이 무력으로 전쟁에서 승리를 거두는 것보다 더 위대한 일임을 이 나라는 언제쯤 알게 될까요?

어느새 한스의 생각은 감옥에 계신 아버지에게로 향하고 있었습니다.

1942년 늦은 가을날, 한스는 친구들과 함께 고향으로 돌아왔습니다. 이미 아버지는 감옥에서 풀려나 자유로운 몸이 되어 있었습니다.

전쟁터와 야전병원에서 겪은 일들이 한스와 친구들을 더욱 성숙하고 강인하게 바꿔놓았습니다. 그 체험은 두려운 파멸의 수렁 속으로 빠져들고 있는 이 나라에 저항할 수밖에 없다는 필연성을 더욱 절실하고 극명하게 느끼게 해주었습니다. 한스와 친구들은 전쟁터와 야전병원에서 사람의 생명이 장난감 취급을 받고 수없이 학살되고 버려지는 것을 똑똑히 보았습니다. 사람의 생명이 이렇게 위협받는 현실에 직면해 있다면 차라리 하늘을 향해 아우성치는 저 불의不義에 맞서 생명을 걸고 싸우는 것이 옳은 일이 아닐까요?

이제 그들은 고향에 돌아왔습니다. 러시아로 떠나기 전날 저녁 그들이 뜻을 모았던 그 결심을 이제는 진지하게 실천할 때가 된 것입니다.

내 남동생 한스와 여동생 소피가 살고 있는 집 근처에 넓은 아틀리에가 있는 집이 있었습니다. 그 집주인은 한스와 한스의 친구들과 친밀하게 지내던 화가였습니다. 그는 자신이 러시아 전선으로 떠날 수밖에 없는 상황이 되자 친구들에게 그 집을 사용할 수 있도록 배려해주었습니다. 화가인 그 외에는 아무도 살지 않는 집이어서 한스와 친구들이 자주 만나 이야기를 나눌 수 있었습니다.

가끔은 밤에 만나 아틀리에의 지하실에 있는 복사기로 몇 시간 동안 전단을 복사하기도 했습니다. 똑같은 전단을 수천 장씩 찍어내는 일은 대단한 인내심을 요구했습니다. 그러나 그들의 마음속에 채워지는 만족감은 매우 컸습니다. 무기력한 수동적 태도에서 벗어나 능동적으로 했던 일이기에 그랬습니다. 그런 일에 빠져 있다 보면 수많은 밤을 즐겁게 보낼 수 있을 것만 같았습니다. 그러나 그런 즐거움 뒤에는 참으로 감당하기 어려운 걱정의 그림자가 드리워지기 마련입니다.

그들은 한없이 고립되어 있다는 생각에 고독감을 떨치지 못하고 고통을 느꼈습니다. 아무리 친한 사이라 해도 그들 중 누군가가 두려움에 사로잡혀 저항을 포기하고 뒤로 물러날지 모를 일이었으니까요. 그들이 지금 무슨 일을 하고 있는지를 아는 사람이 있다는 사실만으로도 위험천만한 일이었죠.

그들은 좁은 비탈길을 지날 때마다 지나가는 사람들에게 잔뜩 신경이 쓰였습니다. 누군가가 자신들의 행동을 눈치챈 것은 아닐지, 무심코 인사를 나누는 이웃사람 중 누군가가 자신들을 체포하기 위해 이미 조처해놓은 것은 아닐지 누가 장담할 수 있었겠습니까?

누군가가 거리에서 그들이 걸어가는 방향을 예의주시하며 그들의 뒤를 미행하지는 않을지, 이미 그들의 지문이 채취된 것은 아닐지 아무도 모를 일이었습니다. 이런 까닭에 도시의 단단한 땅을 걷는 것조차 그들에게는 살얼음판 위를 걷는 것과 다르지 않았습니다. 다음 날에도 단단한 땅 위를 걸어갈 수 있을 것인지 장담할 수 없었습니다.

사고 없이 하루를 마감하는 날은 생명의 선물과 같았습니다. 밤이 되면 그다음 날에 대한 걱정이 앞섰습니다. 한 번만이라도 어렵고 위험한 일을 툭툭 털어버리고 예전처럼 홀가분한 자유를 누리고 싶은 갈망에 사로잡히곤 했습니다. 힘들어지는 순간이나 시간이 오면 불안과 공포가 바다의 밀물처럼 그들의 마음을 세차게 흔들어놓고 그들의 용기를 물결 속에 파묻어버리곤 했습니다. 이렇게 낙망하는 때는 그들 자신의 마음속으로 침잠해 들어가는 것밖에는 다른 방법이 없었습니다.

그들의 마음속에서 지금 그들이 하는 일이 옳다는 소리가 들려오고 있었습니다. 그들이 이 세상에 홀로 외로이 서 있다 해도 옳은 일을 반드시 해야만 한다는 마음의 소리였습니다. 그런 시간에 그들은 어린 시절부터 마음속으로 더듬으며 찾아왔던 하느님과 자유롭게 대화를 나눌 수 있었을 것입니다. 그 순간에는 하느님이 그들의 특별하고 위대한 형제가 되어주었습니다. 그들에게는 죽음보다 더 가까이에 있는 형제가 그리스도였습니다.

그들에게는 되돌아가는 길이 허락되지 않았습니다. 수많은 질문에 대해 명쾌한 해답을 줄 수 있는 것만이 진리였고, 자유로 충만한 삶만이 진정한 삶이었습니다.

전단을 찍어내는 일 말고도 중요한 일이 또 있었습니다. 전단을 배포하는 일이었습니다. 그들은 가능한 한 많은 도시에 가서 발길 닿는 곳마다 전단을 뿌려야 했습니다. 예전에는 이와 비슷한 일을 해본 적이 없었습니다. 그런 까닭에 더욱 모든 것을 심사숙고하고 세심하게 검토해야 했습니다. 전단이 사람들의 손에 들어가도록 하려면 어떻게 해야 할까요? 어디에 전단을 놓아두어야 전단의 출처가 드러나지 않고도 많은 사람의 눈에 띌 수 있을까요?

그들은 수많은 전단을 트렁크 속에 꾸겨 넣고 직접 그 위험한 짐들을 들고 남부 독일의 대도시들을 두루 다녔습니다. 프랑크푸르트, 슈투트가르트, 프라이부르크, 자르브뤼켄, 만하임, 카를스루에와 같은 도시뿐만 아니라 오스트리아 빈까지 가서 전단을 배포했습니다.

기차를 타고 갈 때는 짐 꾸러미를 사람들 눈에 띄지

않는 곳에 은밀히 놓아두어야 했습니다. 승객 칸은 물론이고 짐까지 일일이 검사하는 형사나 게슈타포의 수많은 검문검색을 통과해야 했으니까요.

한밤중에 각 도시의 기차역에 도착해서는 공습경보 사이렌 소리를 틈타 짐을 민첩하게 옮겨 놓아야 했습니다. 그런 여행을 아무 탈 없이 마치고 비어 있는 트렁크를 가볍게 층층이 쌓아둔 채 부담 없이 자유로운 마음으로 잠들 수 있을 때의 승리감을 어떻게 말로 다 표현할 수 있을까요?

누군가의 눈길과 마주칠 때마다 밀려오는 염려는 얼마나 컸을까요? 어떤 사람이 그들에게 슬며시 다가왔을 때의 공포와 그냥 스쳐 지나갔을 때의 안도감은 또 얼마나 아슬아슬한 것이었을까요? 그들의 가슴과 머리, 그들의 감각과 이성은 그들의 발자취가 발각되지 않도록 감출 수 있는 모든 방법을 짜내느라고 언제나 분주히 움직였습니다. 계획한 일을 성공적으로 수행한 후의 기쁨과 만족감, 다음 일에 대한 근심과 걱정, 의구심과 담대함, 이런 것들이 그들의 마음속에서 교차하는 가운데 하루하루가 지나갔습니다.

국민재판소에서 각 개인에게 내린 사형 판결 소식이 신문마다 짧은 기사로 보도되는 일이 점점 잦아졌습니다. 그들이 사형선고를 받은 것은 민족의 독재자에게 저항했기 때문입니다. 행동이 아닌 말로 독재자를 비난하는 것도 죄가 되었습니다. 오늘은 어느 피아니스트가 그렇게 희생되었고, 내일은 어느 엔지니어가, 어느 공장의 노동자가, 어느 감독관이 그렇게 될 것입니다. 시간이 흐를수록 성직자, 대학생이 희생되는 것은 말할 것도 없거니와 독재자의 심기를 불편하게 한 순간 바로 쫓겨난 유데트 같은 고급 공무원도 그렇게 죄 없이 죽어갈 것입니다.

이 땅의 사람들은 폭풍 속에서 촛불이 꺼져가듯이 그렇게 소리 없이 인생의 스크린에서 사라져갈 것입니다. 그러나 소리 없이 사라지게 할 수 없는 사람도 있었습니다. 그런 사람의 죽음에는 국장國葬이 거행되었습니다. 롬멜의 장례식이 아직도 내 기억 속에 생생합니다. 히틀러의 주구 노릇을 하던 사람들이 롬멜에게 자살을 강요했다는 비밀이 공공연히 드러났는데도 울름 시에 살고 있는 갈색 유니폼을 입은 사람들은 가장 나이 어린 '히틀러 유겐트' 단원에서부터 가장 나이 많은 친위대 대원에 이르기까지 모두 그 장례식에 참석해야 한다는 명령을 받았습니다. 나는 그 깃발에 인사하지 않으려고 요리조리 피해 다녔습니다.

모든 신문의 마지막 면은 전사자들의 부고로 채워졌습니다. 그들의 이름을 철십자가 테두리가 장식하고 있었지요. 그래서인지 신문은 마치 공동묘지처럼 보였습니다.

헤드라인이 있는 신문의 1면만이 다른 성격을 띠었습니다. 1면에는 굉장히 큰 활자로 다음과 같은 문장들이 쓰여 있었지요.

증오가 우리의 기도이며 승리가 우리의 보상이다.

이 문장 밑에 짙은 붉은색으로 밑줄을 그어 놓았더군요. 그 모습이 마치 화가 나서 핏대를 세운 정맥처럼 보였습니다.

증오는 우리의 기도이며……, 우리는 우리의 모든 것
이 조각나서 가루가 될 때까지 전진을 중단하지 않으리
라…….

신문은 지뢰밭 같았습니다. 어떤 신문이든 전체 기사
내용을 살펴본다는 것은 불쾌해지는 일이었습니다. 이
시대 전체가 지뢰밭 같았으니까요. 어둠의 장막에 휩싸
인 가련한 조국 독일 전체가 지뢰밭이었습니다.

독일에서 발행되는 신문들이 되도록 말을 적게 하고
침묵했던 건 종이가 부족했기 때문이 아니었습니다. 신
문들은 독일의 정신을 단 한 줄기의 빛도 없는 암흑 속
에 빠뜨려야 할 임무를 부여받았던 것입니다. 그들은
감옥에 갇힌 어느 마을의 신부에 관해서는 단 한 줄의
보도 기사도 내지 않았습니다. 그 신부는 마을에서 강
제노동을 해야 했던 어느 전쟁 포로가 타살되는 사건이
일어나자 주일 미사에서 공공연하게 그를 추모하기 위

해 기도를 올렸다는 이유로 감옥에 가는 신세가 되었습니다.

　신문은 날마다 사형선고가 내려지고 수많은 사람이 죽어가는 일에 대해서는 단 한마디도 보도하지 않았습니다. 감옥은 수감된 사람들로 꽉 차서 숨이 막힐 것 같았고, 그 안에서 사람들은 유령이나 해골에 가까워 보이는 비참한 현실에 처해 있었지만, 신문은 거기에 눈길조차 주지 않았습니다. 신문은 감옥 뒤에 쓰러져 있는 수감자들의 창백한 얼굴을 외면했습니다. 두려움에 겨워 두근거리는 그들의 심장 소리에 신문은 귀를 막고 있었습니다. 독일의 전 지역에 번져가는 소리 없는 절규를 좀처럼 듣지 않았습니다.

　전투기의 공격이 끝난 뒤 한 젊은 여인이 자신에게 남겨진 유일한 재산인 작은 여행용 가방과 싸늘하게 죽은 아이를 안고 드레스덴시 곳곳을 방황하며 아이의 시신을 묻을 묘지를 찾아다닌 사건에 대해서도 독일의 신문은 단 한마디 언급하지 않았습니다.

　한 독일 병사가 러시아 전선에서 겪은 섬뜩한 일에 대

해서도 신문은 관심을 두지 않았습니다. 그 병사는 넋이 나간 채 일말의 두려움도 없이 전선의 이곳저곳을 헤매는 한 어머니를 보았습니다. 그 여인은 아무에게도 빼앗기지 않으려는 듯 죽은 아이를 꽉 끌어안고 있었습니다. 그 병사가 아무리 부드러운 말로 달래보아도 여인은 죽은 아이를 품속에서 내어주려고 하지 않았습니다.

어느 형무소 담당 신부와 내 아버지의 친구가 나누었던 대화에 대해서도 신문은 귀를 막았습니다. 그 신부는 어느 요양원에서 정신분열증으로 치료를 받고 있었습니다. 날마다 수많은 사형수를 단두대까지 직접 데려다주는 일을 하다 보니 충격이 쌓여 그렇게 된 것입니다.

수감된 죄수들의 창백한 얼굴을 독일의 신문은 거들떠보려고도 하지 않았습니다. 그들은 선고받은 형기를 다 마치고 나자마자 가장 먼저 햇살이 눈부시게 빛나는 현관에 나와 석방 증명서와 감옥에 들어올 때 소지했던 물건들을 받으려고 했습니다. 그러나 뜻밖에도 그들의 손에 쥐어진 것은 수용소로 이주하라는 명령이 적힌 통지서뿐이었습니다.

봄은 변함없이 이 땅에 찾아왔습니다. 어려움을 겪는 우리에게는 이런 자연의 순리가 기적처럼 느껴졌습니다. 봄은 어김없이 와서 이 삭막하고 황량한 땅에 꽃들을 피워놓았습니다. 봄은 꽃과 함께 희망도 데려왔습니다. 아이들은 길거리에서 까마득한 옛날부터 전해 내려온 놀이를 즐기고 있었습니다. 뮌헨의 길거리에서 몇 명의 아이들이 염려도 두려움도 모른 채 노래를 부르고 있었습니다.

"모든 것은 지나가지요. 모든 것은 지나가지요. 아돌프 히틀러도, 그의 당파도."

아이들은 새처럼 마음이 자유로웠습니다. 그러나 어른들은 마음 편히 웃지도 못할 만큼 눈치를 살펴야 했습니다. 누군가가 앞으로 맞이할 해방에 대해 희망적으로 말한다고 해도 어른들은 웃을 엄두가 나지 않았습니다.

석양이 저물어가던 어느 날, 소피는 한스를 기다리고 있었습니다. 얼마 전부터 남매는 큰 방 두 개가 있는 집에 세를 들어 함께 살고 있었습니다. 집주인은 주로 시

골에서 보냈습니다. 밤마다 뮌헨의 하늘을 장악하는 폭
탄들이 무서웠기 때문입니다.

소피는 모처럼 고향에서 온 소포를 받았습니다. 포장
을 열어보니 사과, 버터, 커다란 깡통에 담긴 잼, 고리
모양의 큰 빵이 들어 있었습니다. 과자들도 있었습니
다. 요즘처럼 국민이 굶주리는 시절에는 구경하기 어려
운 음식들이 소피의 눈앞에 가득 넘쳐났습니다. 오빠와
함께하는 저녁 식사를 축제처럼 즐겨야겠다는 생각이
들었습니다. 소피는 흡족한 마음으로 한스를 기다리고
또 기다렸습니다. 이렇게 즐거운 기분을 누린 것도 오
랜만이었습니다. 그녀는 식탁을 차렸습니다. 찻물이 끓
어오르기 시작했습니다.

어두운 밤이 되었습니다. 아직도 한스의 발소리는 들
리지 않았습니다. 즐거움에 들떠 있던 소피의 기대감은
점점 초조함으로 변해갔습니다. 오빠가 지금 어디에 있
는지 알아보려고 친구들에게 전화해보고 싶었지만 그
럴 수도 없었습니다. 게슈타포가 전화를 도청하고 있을
지도 몰랐으니까요.

소피는 책상으로 갔습니다. 그림이라도 그려보려 했습니다. 그림을 그려본 것도 오래전의 일이었습니다. 지난여름 알렉스와 함께 그렸던 것이 마지막 그림이었죠. 이렇게 끔찍하고 역겨운 시대가 모든 것을 질식시키고 말았습니다. 안타깝게도 이 시대에는 생존을 위한 투쟁밖에 남아 있지 않습니다.

책상 위에는 어린 시절에 생각해두었던 동화 원고가 놓여 있었습니다. 소피가 동화의 이야기대로 그림을 그리는 것을 좋아했기 때문에 동생이 특별히 소피를 위해 써준 동화였습니다.

"안 되겠어. 그림을 못 그리겠어."

소피는 선 하나도 그을 수 없었습니다. 오빠를 기다리는 마음과 피어오르는 염려가 그녀의 환상을 삼켜버렸습니다. 한스는 왜 돌아오지 않는 걸까요?

소피는 이 세상을 가두고 있는 안개를 어떻게 하면 뚫고 나갈 수 있을지 곰곰이 생각해보았지만 탈출구가 보이지 않았습니다. 온 세상이 슬픔의 안개에 겹겹이 싸여 있었습니다. 안개의 장막을 뚫고 밝은 햇살이 다시금 이 세상에 쏟아질 수 있을까요?

어머니의 얼굴이 떠올랐습니다. 가끔 눈동자에 고통이 서려 있었지만 말이 없으셨던 어머니. 아! 이 땅에서 나의 어머니처럼 고통을 겪고 계신 수천, 수만의 어머니들 ⋯⋯.

그 당시 소피는 작은 일기장에 다음과 같은 글을 써 두었습니다.

수많은 사람이 우리 시대를 종말의 시대라고 믿고 있어. 온갖 끔찍한 징후들이 그치지 않는 까닭에 그렇게 믿는 것도 무리는 아니야. 그러나 이런 믿음이 아주 중요한 의미가 있는 것은 아니잖아? 이 시대를 사는 사람으로서 사신이 죽은 다음에 어떤 시대를 살아가게 될지를 하느님이 해결해 주시기만을 바라면 안 되는 게 아닐까? 내가 내일 아침에도 여전히 살아 있을지 그렇지 않을지 그것을 어떻게 알겠어? 공중에서 떨어지는 폭탄 하나가 오늘 밤에 우리 모두의 목숨을 앗아갈 수도 있다고.

이런 일이 일어날 때 만일 내가 지구와 별들과 함께 사라져간다면 나의 죄도 가볍다고만 볼 수는 없을 거야. 이 시대에 이른바 '신실하다'고 여겨지는 사람들이 하느님의 존재를 어째서 두려워하는지 나는 이해할 수 없어. 사람들이 고작 칼부림과 수치스러운 짓거리로 그분의 발자취를 따라가고 있으니까 두려워지는 건가? 마치 하느님은 힘도, 권능도 없으신 분인 것처럼 행동하고 있으니 말이야.

하지만 나는 모든 것이 그분의 손에 달려 있다는 것을 잘 알아. 우리가 두려워해야 할 것이 있다면 그것은 인간이라는 존재야. 바로 그 인간을 저들이 지금 외면하면서 인간의 삶에서 등을 돌리고 있잖아. 그러니 우리가 두려워해야 할 것은 '인간'뿐이라고.

그 주에 스탈린그라드에서 벌어진 전투가 절정에 달했습니다. 수천 명의 젊은이가 끔찍한 죽음의 구덩이 속으로 내몰려 얼어 죽거나 굶어 죽거나 피를 흘리며 죽어가야만 했습니다. 소피는 발 디딜 틈도 없이 초만원을 이룬 열차를 타고 라인 지방과 북부의 대도시들에서 피난 오는 사람들의 피곤에 절은 얼굴과 어른들 틈에서 잠든 아이들의 창백한 표정을 보았습니다.

슬픔을 떨쳐내는 최선의 방법으로 토마스 아퀴나스는 목욕과 수면을 추천했었지요. 그렇습니다. 수면입니다. 소피는 잠을 자고 싶어졌습니다. 모처럼 아주 깊은 잠을 자고 싶었습니다. 그녀가 마지막으로 숙면했던 때가 언제였는지 기억이 가물거립니다.

잠에 빠져 있던 소피는 나지막이 울려오는 만족스러운 웃음소리와 마루를 밟는 발걸음 소리를 듣고 깨어났습니다. 마침내 한스가 돌아온 것입니다.

"소피, 네가 깜짝 놀라서 뒤로 넘어질 만한 일을 우리가 해냈어. 내일 루드비히 거리를 걷다 보면 '히틀러를 축출하라!'는 구호가 적힌 팻말들이 칠십 개쯤 걸려 있을 거야."

"글자마다 평화의 색깔을 입혀놓아서 저들이 아무리 지우려고 해도 쉽지 않을걸!"

알렉스는 이렇게 말하며 만족스러운 미소를 띠고 한스와 함께 방으로 들어왔습니다. 알렉스에 이어 빌리가 모습을 나타냈습니다. 그는 포도주 한 병을 말없이 식

탁 위에 올려놓았습니다. 이제 비로소 축제 분위기가 무르익었습니다. 바깥의 추위에 얼어 있던 친구들은 몸을 녹이면서 그날 밤 그들이 해낸 대담한 항거에 관해 긴 이야기를 들려주었습니다.

다음 날 아침 소피는 평소보다 조금 일찍 일어나서 학교에 갔습니다. 그녀는 길을 우회해 루드비히 거리를 지나갔습니다. 조금 걷다 보니 거리에 "히틀러를 축출하라! … 히틀러를 축출하라!"라는 글자가 선명하게 새겨져 있는 것이 보였습니다. 대학교에 도착했을 때 소피는 정문 앞에서 같은 색깔로 쓰인 '자유'라는 글자를 보았습니다. 두 명의 여인이 솔과 모래로 글자를 지우느라고 여념이 없었습니다.

"그냥 두세요."

소피가 말했습니다.

"읽으라고 쓴 글이니까요."

그 여인들은 고개를 절레절레 흔들며 소피를 빤히 쳐다보았습니다.

"무슨 말씀이신지?"

강제노동을 시키기 위해 러시아에서 데려온 여인들이었으니 소피의 말을 못 알아들을 만도 했습니다.

사람들이 루드비히 거리 곳곳에 새겨져 있는 자유의 외침을 지워내느라고 미친 듯이 열을 올리고 있는 동안, 저항의 불꽃은 베를린으로 번져갔습니다. 한스와 친하게 지내던 한 의대생이 베를린에서도 저항 단체를 만들어 뮌헨의 곳곳에 뿌려진 전단들을 대량으로 복사해 배포했던 것입니다.

빌리 그라프는 프라이부르크대학생들과 뮌헨대학생들의 만남을 주선했습니다. 뮌헨대학생들의 행동에 용기를 얻은 프라이부르크대학생들은 뮌헨의 학생 모임과 협력해 공동의 저항 전선을 전개하기로 약속했습니다.

얼마 후에 '트라우테 라프렌츠'라는 이름을 가진 여대생이 전단을 함부르크로 가져갔습니다. 그 전단이 자극제가 되어 함부르크에서도 대학생들의 작은 모임이 생겨났고, 그 모임은 저항의 선언이 담긴 전단을 도시 곳곳에 배포하는 일을 멈추지 않았습니다.

한스와 그의 친구들은 이런 생각에 젖어들었습니다.

대도시마다 그런 저항 단체가 하나둘씩 연이어 생겨난
다면 그 단체들로부터 태어난 저항의 정신은 독일의 모
든 장소로 확산할 것이라고.

1942년 11월, 동부 전선에서 돌아오자마자 한스와
알렉스는 '팔크 하르나크'라는 사람과 만나 대화를 나
누었습니다. 팔크 하르나크는 저항 단체 '하르나크 슐
체-보이젠'을 이끄는 아르비트 하르나크의 동생이었습
니다. 이 저항 단체에 몸담은 사람들은 모두 국민재판
소에서 사형선고를 받고 '집단 학살'의 제단 위에서 제
물로 사라져 갔습니다. 이 저항 단체는 게슈타포가 '붉
은 합창대'라는 이름으로 수배했던 까닭에 유명세를 얻
기도 했습니다.

한스와 알렉스와 팔크의 만남은 베를린에서 저항 운
동의 중심 세력이 결성되는 계기가 되었습니다. 한스는
여기에 그치지 않았습니다. 학생들의 마음이 담긴 저항
의 전단을 불시에 동시다발적으로 살포하는 학생운동
단체를 독일의 모든 대학교마다 조직하려는 계획을 세

워나갔습니다. 팔크 하르나크는 1943년 2월 25일 신학자이자 목사인 디트리히 본회퍼와 그의 형제 클라우스 본회퍼, 한스와 알렉스를 데리고 베를린으로 가서 본격적인 저항 운동을 펼치려고 생각했습니다. 그러나 한스는 게슈타포에게 발각되어 베를린으로 떠나기 사흘 전에 사형에 처해졌습니다. 그때 알렉스는 어디론가 피신 중이었습니다.

시간을 거슬러 가보겠습니다. 여전히 사람들은 거리에 새겨진 저항의 흔적들을 지우려고 안간힘을 썼습니다. 결국 지울 수가 없자 저항의 흔적들 위에 무언가를 덮어서 감추려고 했습니다. 그러나 후버 교수는 새로운 선언의 내용이 담긴 전단을 벌써 구상하고 있었습니다. 이번에 배포할 전단은 그 누구보다도 대학생들에게 읽혀야 했습니다.

독재자에게 억압당한 독일의 모든 슬픔과 모든 저항의 의지를 전단 속에 불어넣기 위해 한스와 후버 교수가 최선을 다하는 동안 한스는 일종의 경고를 받았습니다. 게슈타포가 그의 뒤를 밟고 있으니 내일이라도 당장 체포될 수 있다는 경고였습니다. 한스는 이 정보가 정확하지 않다고 판단해 처음에는 대수롭지 않게 여겼습니다. 아마도 그에게 호의를 지닌 사람들이 그의 저항 행위를 포기하게 하려고 꾸민 일이겠거니 생각했습니다. 다만 한스는 그런 경고를 누가 만들어냈는지 모른다는 것이 불안했습니다.

그칠 줄 모르는 위협에 시달리고 있던 독일에서의 고달픈 삶을 뒤로하고 자유로운 나라 스위스로 도주하는

디트리히 본회퍼Dietrich
Bonhoeffer_1906~1945

것은 안 될 말일까요? 그는 누구보다도 산에 대해 잘 알았고 강인한 체력을 지닌 스포츠맨이나 다름없었습니다. 불법으로 국경을 넘어 스위스로 가는 일쯤은 아주 간단한 문제였습니다. 위기에 처할 때마다 냉정하게 판단하고 침착하게 행동해 생명을 지켰던 러시아 전선의 상황들을 한스는 충분히 겪지 않았던가요?

그러나 한스가 도주한다면 친구들과 가족들에겐 어떤 일이 일어날까요? 그가 독일 땅을 빠져나가는 즉시 친구들과 가족들에게 의심의 시선이 집중되겠지요. 그들은 국민재판소에서 부당한 판결을 받고 강제수용소로 끌려가게 될 것입니다. 그 모습을 자유로운 나라 스위스에서 지켜보는 한스의 심정을 생각해보십시오. 결코 감당할 수 없는 고통이 그에게 휘몰아칠 것입니다.

한스는 이곳의 많은 저항 운동에 깊이 연관된 인물이었습니다. 그를 예의주시하는 사악한 조직이 빈틈없이 움직이고 있었기 때문에 그가 스스로 독일을 빠져나가는 것은 수백여 명의 생명을 도박에 거는 일이나 다름없었습니다. 가능하다면 자신과 관련된 사람들의 피해를 줄이기 위해서라도 그는 독일 땅에 남아 있어야 했습니다. 그 누구의 강요가 아니라 자발적 의지로 모든 짐을 떠맡을 수밖에 없었던 것입니다.

이튿날부터 한스는 이전보다 두 배나 더 뜨거운 열정으로 저항 운동에 헌신했습니다. 친구들과 소피와 함께 며칠 밤을 새워가며 아틀리에의 지하실에서 전단을 복사하는 일에 집중했습니다. 사람들의 생명을 아무렇지 않게 앗아가는 이 전쟁을 모든 독일인이 다 원하는 것은 아니라는 증거를 대외에 보여주어야 했습니다. 한스가 스탈린그라드에서 겪었던 비극을 일상의 낡은 무관심 속에 파묻어버려서는 안 된다는 생각이 들었습니다.

1943년 2월 18일, 햇살이 따스한 목요일이었습니다. 생각했던 것보다 더 순조롭게 일이 진행되고 있었습니다. 한스와 소피는 전단을 가방에 가득 채워서 대학교로 떠났습니다. 여유를 부릴 상황이 아니었지만 두 사람은 가방을 들고 가는 동안 여유롭고 뿌듯한 기분이 들었습니다. 소피는 전날 밤에 게슈타포가 나타나서 그들 남매를 체포하는 악몽에 시달렸지만 그런 꿈조차 대수롭지 않게 여겼습니다.

두 사람이 집을 떠나자마자 한 친구가 급히 달려와서 그들 집의 초인종을 울렸습니다. 절박한 상황을 알려주기 위해서였습니다. 그들이 어디로 갔는지 알 수 없던 친구는 집에서 기다려보기로 했습니다. 남아 있는 모든 것이 지금 그 친구가 경고하려는 메시지에 달려 있는지도 모를 일이었습니다.

어느새 한스와 소피는 대학교에 도착했습니다. 강의실 문이 열리자마자 그들은 재빨리 강의실 바닥과 통로마다 전단들을 골고루 뿌려놓았습니다. 남은 전단들은 대학 건물의 3층에서 로비 바닥을 향해 한 장도 남김없이 뿌렸습니다. 그러나 그들의 행동을 뚫어지게 지켜보는 두 개의 눈동자가 있었을 줄이야! 주인의 심장에서 스스로 걸어 나와 독재자의 자동 렌즈로 굳어져버린 두 개의 눈동자. 그것은 학교 건물 관리인의 눈이었습니다. 대학교의 모든 출입문이 순식간에 닫혔습니다. 닫힌 문이 꿈쩍 않듯이 남매의 운명도 정해지고 말았습니다.

고발을 받고 다급히 발길을 재촉한 게슈타포가 내 동생들을 악명 높은 비텔바허 감옥으로 끌고 갔습니다. 감옥에 도착하자마자 취조가 시작되었습니다. 조목조목 캐묻는 일이 밤낮으로 반복되었습니다. 바깥세상과는 완전히 차단되었고 친구들과도 전혀 연락할 수 없었습니다. 두 사람은 같은 시간에 자신들과 같은 운명의 짐을 짊어진 또 한 명의 친구가 있다는 사실조차 알 수 없었습니다.

소피는 다른 수감자로부터 크리스토프 프롭스트도 그들 남매가 이곳에 오고 나서 불과 몇 시간 뒤에 체포돼 감옥으로 이송되었다는 사실을 들었습니다. 지금까지 평정을 지켜왔던 소피는 그 소식을 듣고 처음으로 마음이 몹시 흔들렸지만 가늘 길 없는 절망감을 이겨내려고 안간힘을 썼습니다.

소피는 크리스토프를 그 누구보다 아꼈습니다. 세 명의 어린 자녀를 둔 아버지였기에 남다른 애착을 느꼈던 것입니다. 그의 부인 헤르타가 아기를 낳은 지 며칠밖에 되지 않던 때였습니다.

소피의 기억 속에서 크리스토프의 옛 모습이 새록새록 피어나고 있었습니다. 9월의 화창한 어느 날 한스와 함께 바이에른 산악 지대의 작은 시골 마을로 그를 찾아갔던 일이 떠올랐습니다. 그때 크리스토프는 두 살배기 아들을 안고 마법에 홀린 듯 아이의 평화로운 얼굴에서 눈길을 떼지 못했습니다. 그러나 그의 부인은 자신의 집이 더 이상 안전한 곳이 아니라고 생각했습니다. 몇 년 전에 그녀의 오빠 둘이 밤안개에 젖어 감시망이 허술한 틈을 노려 게슈타포를 따돌리고 도주했기 때문입니다. 두 오빠가 살아 있는지 세상을 떠났는지는 알 길이 없었습니다. 아직 이 나라에 '정의'의 불씨가 조금이라도 살아 있다면 크리스토프에게는 그 어떤 불행한 일도 일어날 수 없고 일어나서도 안 된다고 소피는 생각했습니다. 그 생각이 소피에게 조금이나마 위안이 되었습니다.

감옥에서 생활하는 동안 동료 수감자들, 성직자들, 간수들은 말할 것도 없고 게슈타포 요원들도 그들의 담대한 정신과 고결한 행동에 강한 인상을 받았습니다. 게슈타포의 건물을 온통 휘감고 있는 숨 막히는 긴장감이 오히려 어색할 정도였습니다. 그 건물의 분위기와는 정반대로 그들의 행동은 꿋꿋하고 그들의 마음은 평화로웠으니까요.

그들의 의연한 행동 때문에 나치 당黨과 정부의 고위 간부들도 상당한 불안감을 느낄 정도였습니다. 압제의 올무에 꽁꽁 묶여 무기력하게 침묵하던 '자유'가 이곳에서 소리 없는 승리를 거두는 것처럼 보였습니다.

그들의 마음과 행동을 알려주는 소식들이 감옥에서 봄바람처럼 불기 시작하더니 감옥의 건물 전체와 강제 수용소에까지 흘러갔습니다. 감옥에서 그들을 만났던 많은 사람이 그들의 마지막 나날과 시간을 우리에게 말해주었습니다.

작은 자석들이 서로 달라붙어 커다란 자석을 이루듯이 감옥에서 자주 들려오는 그들의 작은 소식들도 차곡차곡 쌓여 강인한 인생의 한 몸을 이루었습니다. 남겨진 나날들은 그들이 살아보지 못한 많은 세월을 모아놓은 듯 소중한 날들이었습니다.

동생들이 세상을 떠난 뒤에 국가반역죄를 지은 죄인의 가족이라는 이유로 나와 동생 엘리자베스, 부모님 역시 감금되었습니다. 감옥에서 지내는 동안 나는 한스와 소피가 걸어온 길을 되돌아보았습니다. 끝이 보이지 않는 고통의 시간을 보내는 중에도 나는 밀려오는 슬픔을 다스리면서 그들의 행동이 내게 주는 삶의 의미가 무엇인지를 파악하려고 노력했습니다.

그들이 체포된 후 이틀 뒤쯤, 그들이 사형선고를 받을 것이라는 예상이 들기 시작했습니다. 그렇게 내다볼 수밖에 없는 상황이 전개되고 있었습니다. 취조를 당할 때부터 그들은 자신들의 행적에서 증거를 없애려고 애썼습니다. 그러나 분명한 물증들이 드러나는 마당에 그들의 연막전술은 수포로 돌아갈 수밖에 없었습니다.

그들이 증거를 없애려고 한 것은 나름대로 생각이 있었기 때문입니다. 그들은 이 독재정치가 자취를 감추는 날까지 어떻게든 살아남아 새로운 삶을 함께 누리겠다고 생각했으니까요. 감옥에 끌려가기 몇 주 전에도 한스는 날마다 반복되는 사형선고를 염두에 두며 자신이 앞으로 어떻게 대처할 것인지를 분명하게 말한 적이 있습니다.

"극단적인 상황이 온다고 해도 사형을 당하는 일만큼은 벗어나야 해. 우리를 필요로 하는 사람들을 외면할 수는 없잖아? 어떻게든 살아남아야 해. 감옥에 가든지, 강제수용소에 가든지 어디에서든 끝까지 견뎌내야 해. 섣불리 목숨을 버려서는 안 된다고."

그러나 그들의 생각과는 다른 상황이 전개되었습니다. 이제는 돌이킬 수 없는 막다른 골목에 이르게 된 것입니다. 이제 그들이 취할 방법은 단 하나뿐이었습니다. 지금의 상황을 냉철하게 판단해 가능한 한 다른 사람들이 이곳 감옥에까지 오지 않도록 배려하는 것이었습니다. 그리고 다시 한번 더 인생의 마지막 페이지에 아주 뚜렷이 구체적으로 기록해두어야 할 깨달음이 있었습니다. "사람이 옹호하고 지켜내야 하는 것이 있다면 그것은 깨어 있는 정신에 의해 움직이는 독립적인 사람들, 자유로운 사람들이다."라는 사실입니다.

한스, 소피, 크리스토프, 이들은 감옥 안에서 서로 만남과 대화의 끈이 단절되었지만 그들 사이에는 일치하는 강력한 확신이 있었습니다. 그건 게슈타포가 지목하는 모든 '죄', 그 모든 멍에를 자신들이 스스로 뒤집어쓰고 다른 사람들을 벗어나게 해주어야 한다는 생각이었습니다.

그들은 자신들이 자백한 내용이 틀림없는 사실임을 믿어달라고 게슈타포에게 손과 발이 닳도록 빌며 애원했습니다. 게슈타포에게 '범죄'로 지목될 만한 단서들을 제공하기 위해 입술이 타들어갈 듯 긴장하며 옛 기억을 더듬었습니다. 이는 친구들의 생명을 살리기 위해 자신들의 생명을 거는 커다란 도박이었습니다. 그들은 게슈타포의 신문에 끌려다니지 않고 그들이 의도했던 방향으로 신문을 마무리 지을 때면 흡족한 기분으로 감옥에 돌아왔습니다.

그들은 이 세상 사람들의 땅 저 건너편에 있는, 또 다른 삶의 공간에 이르러 새로운 세월 속에서 살고 있는 것이 틀림없었습니다. 죽음의 결박으로부터 자유롭게 풀려나서 새로운 삶에 깊이 밀착되어 살기 시작한 것이 분명했습니다. 그들의 자살을 막으려고 조처한 경찰은 결국 우스운 꼴이 되고 말았습니다.

아무리 사소한 물건이라도 감방 안에서 개인 소지품은 금지되었습니다. 혼자 있는 것조차 허용되지 않았습니다. 감방 가까이에 그들을 감시할 간수가 배치되었습니다. 사형수들이 스스로 생명을 버리는 것을 막기 위해서 낮에도 그들의 감방마다 불을 환하게 밝혀두었습니다.

걱정과 책임의 짐이 너무나 무거웠던 한스는 어려운 시간들을 보내고 있었습니다. 제대로 대처하고는 있었지만 이런 신문을 거듭하다 보면 그의 의도와는 다르게 어쩔 수 없이 어긋난 결과가 나오지는 않을까 하는 걱정이 앞섰습니다. 단 일 분 일 초라도 맑게 깨어 있는 정신으로 적절하게 대답한다고는 해도 느닷없이 어느 친구의 이름이 입 밖으로 튀어나온다거나 의심을 살 만한 단서가 실수로 새어 나오지 않을까 하는 걱정이 밀려왔던 것입니다. 그런 까닭에 말 한마디 한마디에 정신을 집중할 수밖에 없었습니다.

함께 수감된 사람들이 한스에게 짧은 휴식 시간이 제공되었다는 것을 알려주었습니다. 잠시 스쳐 가는 시간이었지만 그 시간에 한스는 조금이나마 홀가분한 즐거움을 누릴 수 있었습니다. 그러나 곧 또다시 친구들에 대한 염려, 가족과 작별해야 한다는 아픔에 시달리며 힘겨운 시간을 보냈습니다.

마지막 아침은 기어이 오고야 말았습니다. 한스는 감옥 동료에게 부모님께 안부의 말을 전해달라고 부탁했습니다. 살며시 그들의 손을 부여잡고는 다정하게 밝은

게슈타포(국가비밀경찰)가 민간인을 검문하고 있다.

표정으로 말했습니다.

"저들이 오기 전에 우리끼리 작별 인사를 나누는 것이 좋겠어요."

그렇게 말하더니 한스는 말없이 벽 쪽으로 몸을 돌려 감방의 하얀 벽면에 글씨를 썼습니다. 감방은 일순간 잠잠한 침묵 속에 잠겨버렸습니다. 그가 손에서 연필을 내려놓자마자 걸어잠근 문이 열리더니 간수가 들어와 수갑을 채워 그를 법정으로 데리고 갔습니다. 하얀 벽에는 괴테의 말이 적혀 있었습니다.

모든 폭력에 굴하지 않고 의연히 기개를 세우리라.

아버지가 이따금 이리저리 집 안을 거닐면서 생각에 잠겨 혼잣말로 이 말을 중얼거리곤 했는데 그때마다 한스는 중얼거리는 말에서조차 아버지의 뜨거운 열정이 느껴져 자신도 모르게 웃음을 짓곤 했습니다.

수감자들이 변호인을 선임할 가능성은 없었습니다. 의무적으로 관선 변호인을 선임하도록 하는 규정은 있었지만, 관선 변호인은 아무 힘이 없는 목각 인형일 뿐이었습니다. 시키는 대로만 움직이는 그 사람에게서 아무 도움도 기대할 수 없었습니다.

"오빠가 사형선고를 받는다면 나도 마찬가지일 거야. 그것보다 더 가벼운 형벌을 받을 순 없을 테지. 저들이 보기에는 내 행동도 오빠와 다르지 않을 테니까."

소피의 목소리는 차분하고 침착했습니다. 마지막 날이 다가오는 며칠 동안 그녀는 온 힘과 온 마음을 다해 오빠만을 걱정했습니다. 한스의 어깨 위에 얹혀 있는 짐이 어떤 것인지를 그녀는 잘 알았기에 하루에도 몇 번씩 염려 속에 빠져 있었습니다.

소피는 한스가 전선에 출정한 병사였으니 교수형이나 단두대형이 아니라 총살형을 받을 권리가 있지 않느냐고 변호인에게 물어보았지만 분명한 대답을 들을 수 없었습니다. 소피는 자신이 단두대형을 받게 될 것인지, 교수형에 처해질 것인지 궁금했습니다. 변호사에게 물어보았더니 그는 깜짝 놀라며 의아해하는 표정을 지었습니다. 어린 여자로부터 이런 난감한 질문을 받게 되리라고는 짐작조차 못했기 때문입니다.

마지막 며칠 동안, 소피는 신문을 받지 않는 날 밤에는 어린아이처럼 세상모르고 단잠을 잤습니다. 공소장을 받는 바로 그 순간, 단 한 번 온몸의 전율을 느끼긴 했지만 그것을 읽고 난 후에는 마음을 가라앉히고 이렇게 말했습니다.

"감사합니다, 하느님!"

그녀가 던진 말은 오직 이 한마디뿐이었습니다.

잠시 후 그녀는 침대 위로 몸을 쭉 뻗으며 나지막이 차분한 목소리로 자신의 죽음에 대해 깊이 생각하듯 천천히 말을 이어갔습니다.

"이토록 눈부시게 햇살이 찬란한 날에 나는 떠나야 하는구나. 이 시대에 또 얼마나 많은 사람이 전쟁터에서 죽어가야만 하나? 희망에 가득 찬 젊은 생명이 또 얼마나 많이……. 우리의 행동을 통해 수천 명의 의식이 깨어나서 깨달음을 얻게 된다면 내 죽음도 헛된 것은 아닐 거야."

그날은 일요일이었습니다. 감옥 밖에서는 헤아릴 수

없이 많은 사람이 봄의 태양에서 흘러나오는 햇살을 만 끽하며 거리를 걷고 있었습니다.

마지막 밤을 보낸 후, 잠에서 깨어난 소피는 침대에 앉은 채로 간밤에 꾼 꿈을 이야기했습니다.

"햇살이 눈부신 어느 날이었어. 나는 길고 하얀 옷을 입은 어린아이를 안고 유아 세례식 때문에 교회로 가고 있었어. 교회로 가는 오르막길은 경사가 가팔랐지. 하지만 나는 그 아이를 품속에 꼭 껴안고 조심스럽게 걸어갔어. 그때 갑자기 내 앞에서 땅이 갈라졌어. 지체 없이 아이를 안전한 쪽의 땅으로 내려놓으려고 애써보았지만 나는 어느새 바닥이 보이지 않는 어두운 심연 속으로 추락하고 있었어."

소피는 꿈 이야기를 한 뒤에 감방 동료에게 이 간단한 꿈을 풀어 설명해주었습니다.

"그 어린아이는 우리 모두의 이상이야. 온갖 장벽이 막아선다고 해도 우리의 이상은 실현될 거야. 이상이 이루어지는 날을 위해 길을 닦고 준비하는 자들이 바로 우리지. 우리는 마땅히 그것을 위해 죽어가야만 하는 거야."

잠시 후 그녀의 감방도 다른 수감인의 방처럼 비워지고 공소장만 남게 되었습니다. 공소장의 뒷면에는 가볍게 흘려 쓴 '자유'라는 단어가 생생히 있었습니다.

나의 부모님은 한스와 소피가 체포된 지 하루가 지난 금요일에 그들의 소식을 들었습니다. 처음에는 우리와 친하게 지낸 어느 여대생에게서, 나중에는 어느 낯선 대학생에게서 전화 연락을 받고 그 소식을 알게 되었습니다. 수화기 너머에서 울리는 그 대학생의 목소리는 너무나 슬프고 어두웠습니다. 수화기를 내려놓자마자 부모님은 감옥에 갇힌 자녀들을 찾아가서 그들이 짊어진 운명의 짐을 조금이라도 덜어주기 위해 무슨 일이든 하겠노라고 단단히 마음먹었습니다.

그러나 아무리 굳은 결심을 한다고 해도 아무 힘이 없는 부모님이 무슨 일을 하실 수 있었겠습니까? 그렇게 막다른 골목에 몰린 궁핍한 순간에는 앞을 가로막고 있는 벽을 어떻게든 부숴버려야 한다고 생각하기 마련이지요.

주말에는 면회가 허락되지 않았기 때문에 부모님은 월요일에야 뮌헨으로 오셨습니다. 다행히도 이틀 전에 러시아 전선에서 휴가차 집에 와 있던 막냇동생 베르너를 데려오셨습니다. 한스와 소피의 체포 소식을 전화로 알려주었던 대학생이 기차역에 마중 나와 기다리고 있었습니다. 그는 몹시 격앙된 목소리로 말했습니다.

"절체절명의 시간입니다. 국민재판소에서 재판이 열려 심리가 진행되고 있어요. 어쩌면 우리가 생각하기도 싫은 최악의 결과를 맞이해야 할지도 모릅니다."

일이 이렇게 일사천리로 진행될 줄은 아무도 예상하지 못했습니다. '급행'이라는 말이 어떤 속도를 의미하는 것인지 비로소 알게 된 것은 그 이후였습니다. 판사들은 눈 깜짝할 사이에 경악스러운 결말을 이들에게 안겨주었습니다. 만인에게 따끔한 본보기를 보여주고자 처음부터 작정하고 나섰던 것입니다. 어머니는 마중 나온 학생에게 물으셨습니다.

"아이들은 결국 죽을 수밖에 없는 건가요?"

학생은 절망에 젖은 표정으로 고개를 끄덕이며 좀처럼 흥분을 가라앉히지 못했습니다. 그는 아무 일도 할 수 없는 지금의 상황에 괴로워하면서 이렇게 말했습니다.

"저한테 탱크 한 대만 있다면 감옥을 부수고 들어가 거기에 갇힌 사람들을 데리고 나올 수 있으련만……."

그들은 법원으로 서둘러 이송되어 법정으로 끌려 들어갔습니다. 법정은 평소에도 그랬듯이 미리 초청을 받은 '나치'의 손님들로 북적거렸습니다. 판사들은 빨간색 제복을 착용한 채 앉아 있었고, 검사는 한가운데 서서 분노가 끓어오르는 목소리로 기소장을 읽었습니다.

그들과는 정반대로 젊은 피고인 세 명은 아주 홀가분하고 의연하게 말없이 앉아 있었습니다. 그들은 망설임 없이 당당하게 답변했습니다. 소피는 법정에서 다른 말은 거의 하지 않고 단 한 번 이렇게 말했을 뿐입니다.

"우리가 말하고 쓴 것은 다른 수많은 사람도 그렇게 생각하고 있는 것이니 이상할 것이 없습니다. 그들은 그것을 말하고 싶어도 말할 용기가 나지 않았을 뿐입니다."

젊은 피고인들의 태도와 대응이 너무나도 기품이 있었기에 그들에게 적대감을 품고 있던 방청객들조차 야릇한 감정에 사로잡히고 말았습니다.

나의 부모님이 다급하게 법정으로 들어오셨을 때는 심리가 거의 끝나고 선고만 남은 상황이었습니다. 부모님은 숨을 고를 여유도 없이 곧 사형선고를 듣게 되었습니다. 선고를 듣는 순간, 어머니는 모든 기운을 잃고 그 자리에 쓰러지셨습니다. 어머니는 법정 밖으로 실려 나가셨습니다. 별안간 법정이 술렁거렸습니다. 아버지

국민재판소의 판사들은 '하일 히틀러Heil Hitler!(히틀러 만세!)'라는 구호를 외친 후에 재판을 시작했다.

께서 이렇게 외치셨기 때문입니다.

"아직 정의는 죽지 않았다!"

어머니는 놀라울 정도로 빨리 기력을 회복하셨습니다. 자식들을 살려내려면 탄원서라도 올려야 한다는 생각에 모든 신경과 감각을 집중하셨던 것입니다. 조금 전에 쓰러졌던 분이라고는 믿기지 않을 만큼 어머니는 침착하고 의연하게 다른 사람들의 마음까지 위로해주셨습니다.

재판이 끝난 뒤에 막냇동생 베르너가 재빨리 젊은 피고인 세 명에게 달려가서 그들의 손을 꼭 잡았습니다. 동생의 눈동자에 눈물이 글썽이자 한스는 조용히 그의 어깨 위에 손을 얹고는 당부의 말을 남겼습니다.

"강인한 의지를 가지고 살아야 해. 절대로 타협해서는 안 된다고."

바로 그것입니다. 살아 있는 동안에도, 죽어가는 순간에도 타협이란 있을 수 없는 것입니다. 그들은 자신들의 목숨을 구하기 위해 애쓰지 않았습니다. 그들은 '국가사회주의'의 정신이 이의를 제기할 수 없을 만큼 명백히 잘못된 것임을 판사들에게 일깨워주려고 끝까지 노력했습니다. 그 어떤 것으로도 그들의 입을 막을 수는 없었습니다. 제3제국의 통치 기간에 단 한 번만이라도 그런 정치적 재판을 경험했던 사람이라면 그들의 말이 무엇을 의미하는지 헤아릴 것입니다. 죽음 혹은 수감 생활을 생각하면 등골이 오싹해져서 '나치'를 멸시하는 말은 단 한마디도 입 밖에 꺼내지 못하는 사람들이 대부분이었으니까요. 악마와 같은 판사들이 내릴 선고를 생각만 해도 소름 끼쳐서 자신들의 생명을 부지하기 위해 솔직한 생각을 철저히 숨기고 위장하기에 급급한 사람들이 헤아릴 수 없을 정도로 많았으니까요.

다른 재판에서도 늘 그래왔듯이 한스, 소피, 크리스토프에게도 마지막으로 하고 싶은 말을 할 기회가 주어졌습니다. 소피는 침묵을 지켰습니다. 크리스토프는 어린 자식들을 위해 목숨만은 지키게 해달라고 간청했습니다. 한스는 두 사람을 변호하려고 입을 열었습니다. 그러나 친구 크리스토프에게 도움이 되는 말을 하려는 순간, 검사 프라이슬러에게 가차 없이 제지당하고 말았습니다.

"피고인 한스 숄은 자신을 위해 굳이 해야 할 말이 없다면, 아무 말도 하지 마시오!"

다른 사람들이 보는 앞에서는 한마디도 할 수 없는 시간들이 다가오고 있었습니다. 셋은 뮌헨의 슈타델하임 형무소로 이송되었습니다. 페를라흐 숲의 가장자리에는 공동묘지가 있는데, 그 묘지 옆에 자리 잡은 큰 규모의 형무소였습니다.

그곳에서 그들은 작별의 편지를 썼습니다. 소피는 자신을 신문했던 게슈타포와 다시 한 번 이야기를 나누게 해달라고 간수에게 부탁했습니다. 진술할 말이 더 남았다는 뜻을 전했습니다. 소중한 친구 크리스토프가 짊어진 죄의 짐을 조금이나마 덜어줄 수 있는 단서가 생각났기 때문입니다.

어른이 될 때까지 영세를 받지 않았던 크리스토프는 성당의 신부를 불러달라고 요구했습니다. 이미 오래전부터 마음속으로 가톨릭 신앙에 귀의했던 크리스토프는 세상을 떠나기 전에 영세를 받고 싶었던 것입니다. 그의 어머니께 보내는 편지에는 이렇게 쓰여 있었습니다.

저에게 생명을 주신 어머니께 감사드립니다. 아무리 생각하고 또 생각해봐도 이것이 하느님과 만날 수 있는 유일한 길이더군요. 부모님을 맞이하는 찬란한 영광의 날을 준비하기 위해 저는 두 분보다 먼저 하느님의 나라로 갑니다.

그동안 나의 부모님께서는 자식들의 얼굴을 다시 한번 볼 수 있게 되었습니다. 기적 같은 일이었지요. 면회를 허락받는 것은 거의 불가능했으니까요. 오후 4시와 5시 사이에 부모님은 형무소로 서둘러 떠나셨습니다. 그러나 그때까지도 부모님은 이것이 아이들과 만날 수 있는 마지막 시간이 될 줄은 모르셨습니다.

간수가 먼저 데리고 나온 사람은 한스였습니다. 죄수복을 입고 있었지만 그의 걸음걸이만큼은 경쾌하고 흐트러짐이 없었습니다. 바깥에 있는 그 어떤 물리적 힘으로도 한스의 태도를 깨뜨릴 수 없을 것만 같았습니다. 어려운 싸움을 끝낸 사람의 모습처럼 그의 얼굴은 여위고 초췌했습니다. 한스는 차단된 철창 너머로 몸을 기울여 다정하게 손을 내밀었습니다.

"저는 아무도 미워하지 않습니다. 모든 것, 이 모든 것은 저 스스로 선택한 것이니까요."

한스의 말을 듣던 아버지는 그를 부둥켜안고 말씀하셨습니다.

"너희는 역사의 일부분이 될 거야. 정의는 아직 살아 있단다."

한스는 자신의 친구들에게 안부를 전해달라고 부탁했습니다. 마지막으로 그는 어느 소녀의 이름을 부르면서 눈물을 흘렸습니다. 그는 눈물을 보이기 싫어서 몸을 숙이고 고개를 돌렸습니다. 그러고는 부모님을 만나러 나올 때처럼 꼿꼿이 걸어갔습니다.

곧이어 소피가 여간수의 손에 이끌려 걸어 나왔습니다. 그녀는 죄수복이 아닌 평소에 즐겨 입던 옷을 입고 있었습니다. 그녀의 발걸음은 느렸지만 침착하고 흐트러짐이 없었습니다. 그녀는 태양을 응시하면서 웃음을 지었습니다. 부모님이 주시는 과자를 한스는 한사코 먹지 않았지만 소피는 기다렸다는 듯이 기꺼이 받아먹었습니다.

"참 맛있네요. 아직 점심을 먹지 않아서 그런지……."

마지막 시간, 마지막 순간까지도 삶을 긍정하려는 의지가 소피의 말 속에 살아 있었습니다. 그녀의 얼굴은 예전보다 더 여위었지만 그녀의 피부는 꽃이 피어나듯 신선했습니다. 지금까지 어머니의 눈에는 한 번도 비친 적이 없는 딸아이의 새로운 모습이었습니다. 소피의 입술은 진홍빛이 타오르듯 빛나고 있었습니다.

"이제 다시는 네 모습을 보지 못하겠구나."

어머니가 말씀하셨습니다.

"한두 해만 지나면 괜찮아질 거예요, 어머니."

소피는 이렇게 대답하고는 조금 전에 한스가 그랬던 것처럼 확신에 가득 찬 목소리로 말했습니다.

"모든 것을, 모든 것을 우리는 스스로 받아들인 거예요."

그녀는 중요한 말을 한마디 덧붙였습니다.

"우리의 행동은 곳곳에 물결처럼 번져갈 거예요."

아들과 딸의 죽음을 동시에 받아들여야만 하는 어머니의 심정은 참담할 따름이었습니다. 그러나 마음을 진정시키고 아무렇지 않은 듯 의연하게 서 계시는 어머니의 태도에 소피는 조금이나마 마음이 놓였습니다. 어머니는 말씀을 이어가셨습니다.

"소피야, 하느님을 믿고 의지해야 한다."

어머니의 당부를 들은 소피는 꼭 그렇게 하겠다는 진지한 다짐과 함께 어머니도 그렇게 사시기를 바란다는 절실한 마음을 전했습니다.

"네, 그렇게 할게요. 어머니도 꼭 하느님을 믿고 의지하셔야 해요."

이렇게 말하고는 그녀도 한스처럼 경쾌한 발걸음으로 두려움 없이 침착하게 걸어 들어갔습니다. 얼굴에는 미소를 머금고 있었습니다.

크리스토프는 가족을 아무도 만나지 못했습니다. 그의 아내는 셋째이자 첫 딸을 해산하고 아직 산후조리가 끝나지 않아 바깥출입을 할 수 없었던 것입니다. 그녀는 나중에서야 남편의 어쩔 수 없는 숙명을 알았지만 그때는 이미 그가 세상을 떠난 뒤였습니다.

크리스토프와 소피와 한스의 마지막 모습을 지켜보았던 간수들은 그들이 떠난 뒤에 남다른 감회를 전했습니다.

"그들의 태도는 믿기지 않을 정도로 의연했습니다. 감옥에 있는 사람 중에서 그들의 태도를 보고 감동받지 않은 사람은 거의 없을 것입니다. 이렇게 마음이 흔들리다 보니 어느 누가 시킨 것도 아닌데 우리는 위험한 일을 자초했습니다. 사형이 집행되기 직전에 우리는 그 세 사람을 다시 한번 더 함께 만날 수 있도록 배려했습니다. 그들끼리 담배라도 나눠 피우면서 단 몇 마디라도 나누게 하고 싶었거든요. 몇 분밖에 안 되는 짧은 시간이었지만 그들에게는 큰 의미가 있는 만남이라고 생각되더군요.

'죽음이 이렇게 간단할 수 있다니. 전에는 몰랐는데.' 크리스토프 프롭스트는 이렇게 말하더니 두 친구에게 마지막 인사를 했습니다. '몇 분 후에 영원한 나라에서 다시 만나자.' 그러고 나서 그들은 한 사람씩 사형장으로 끌려갔습니다. 가장 먼저 끌려간 사람은 소피 숄이었습니다. 그녀의 발걸음은 흔들리지도 흐트러지지도 않았습니다. '어쩌면 저렇게 태연할 수 있을까?' 하고 우리 모두의 눈을 의심할 정도였습니다. 사형 집행관도 소피처럼 그렇게 의연한 모습으로 죽어간 사람을 지금까지 본 적이 없다고 말하더군요."

다음으로 형장에 도착한 한스는 단두대에 머리를 올려놓기 전에 온 감옥이 울리도록 우레 같은 소리로 외쳤습니다.

"자유여, 영원하라!"

한스, 소피, 크리스토프 이 세 사람의 죽음으로 모든 일이 종료된 것처럼 보였습니다. 아무 일도 일어나지 않은 듯 그들은 조용히 모습을 감추고는 아무도 모르게 페를라흐 공동묘지에 묻혔습니다. 초봄의 태양이 빛을 뿌리며 서쪽으로 서서히 기울어가는 황혼녘이었습니다.

"이 세상에서 친구들을 위해 자신의 생명을 버리는 것보다 더 큰 사랑은 없습니다."

수감된 사람들을 돌보던 신부님이 들려준 성경 말씀이었습니다. 그 누구보다도 세 사람의 마음을 섬세하게 헤아리고 따스하게 보살펴주던 분이었습니다. 그분은 손을 들어 지는 태양을 가리켰습니다.

"저 태양은 또다시 떠오를 것입니다."

하지만 태양이 언제쯤 다시 떠오를지 알 수가 없었습니다. 얼마 지나지 않아 게슈타포의 체포가 속속 이어졌습니다. 두 번째 재판이 열렸습니다. 죄인의 가족이라는 이유로 수감되었던 우리는 '성聖 금요일'에 감옥에서 그 소식을 듣게 되었습니다. 국민재판소의 판결로 많은 사람이 금고형을 받는데 세 사람에게는 사형선고가 내려졌다고 했습니다. 그들은 후버 교수, 빌리 그라프, 알렉산더 슈모렐이었습니다.

사형선고를 전후해 후버 교수가 자신의 비망록에 부지런히 기록해둔 글이 있었습니다. '피고인의 마지막 발언'이라는 제목으로 쓰인 글이었습니다. 글에는 다음과 같은 내용이 담겨 있었습니다. 나중에 알려졌듯이 '국민재판소'의 법정에서 후버 교수의 입으로 직접 진술된 말이기도 합니다.

　독일이라는 나라의 한 시민으로서, 대학의 교직자로서, 정치적 견해를 가진 한 인간으로서 나는 독일의 장래를 결정하는 일에 참여하고 독일을 위태롭게 하는 공공연한 해악에 맞서 싸우는 일이 우리의 권리일 뿐만 아니라 마땅히 해야 할 도덕적 의무라고 생각한다. … 내가 목표로 삼은 일은 조직을 통해서가 아니라 소박한 보통 사람의 언어로 대학생들의 의식을 일깨우는 것이었다. 물리적 폭력을 쓰는 것이 아니라 도덕적 통찰력에 의지해 독일인들의 정치적 삶을 위협하는 지금의 심각한 해악들에 항거하려고 했다. 분명한 도덕적 원칙을 되찾는 일, 합법적인 법치국가로 되돌아가는 일, 상호 간의 신뢰를 회복하는 일은 불법을 저지르는 것이 아니라 합법을 재건하는 것이다.

　지금 내 행동을 낳은 것은 내 주관적인 원칙이다. 그러나 나는 '이 주관적인 원칙이 일반적인 법칙이 된다면 사회 안에서 과연 어떤 일이 일어날까?' 하고 자문해보았다. 칸트의 정언명령定言命令에 근거를 두고 스스로 해본 질문이다.

그리고 그 질문에 대해 이런 답들을 얻을 수 있었다. 내 행동을 낳은 주관적인 원칙이 우리 사회에서 일반적인 법칙이 된다면 우리의 정치적 삶에도 질서가 회복되고, 확실성이 되살아나며, 신뢰가 돌아오리라고 말이다.

독일인 중에서 도덕적으로 일말의 책임을 느끼는 사람이라면 오직 권력으로만 개인의 권리를 억누르는 저 위협적인 지배 체제에 맞서, 오직 자기네 뜻대로만 도덕적 선善의 의지를 억압하는 저 후안무치한 독재 체제에 맞서 우리와 함께 저항의 목소리를 높일 것이다.

유럽 전 지역에서 소수민족의 자유로운 자결自決을 보장받으려는 요구가 물리적 폭력에 의해 억압당하고 있다. 한 민족이 가지고 있는 종족상의 혈통과 민속적인 양식樣式을 보존하려는 요구도 짓밟히고 있다. 독일 땅에서 진정한 민족공동체를 유지하려는 기본적인 요구도 상호 간의 신뢰를 계획적으로 말살하려는 폭력에 의해 아무 소용없는 일로 끝나고 말았다. 누구든지 자신의 이웃에게 신뢰감을 느낄 수 없고, 아버지가 아들조차 믿을 수 없게 되었다는 사실을 우리 모두가 인정해야 한다. 우리에게 이보다 더 무서운 일이 또 있는가?

내가 의도했던 일은 그대로 이루어져야 한다. 겉으로는 '합법'이라고 떠들어도 그것이 진실하지 못하고 도덕적이지 못하다면 '합법'을 가장한 것일 뿐, 더 이상 '합법'이 아니다. '합법'이라는 것이 졸렬한 비겁함을 두둔하는 핑곗거리가 된다면 그렇게 공공연히 '정의'를 손상시키는 거짓된 '합법'에 당당히 맞서야 한다. 개인들이 자유로운 견해를 말하지 못하도록 입을 막는 나라, "반역죄를 예방한다."는 미명 아래 도덕적으로 정당한 비판과 개선을 요구하는 모든 목소리를 섬뜩한 형벌에 처하는 나라는 '건강한 국민감정' 속에 아직도 살아 있고 앞으로도 언제까지나 살아 있어야 할 불문법의 권리를 깨뜨리는 죄를 짓고 있는 것이다.

나는 개별적인 작은 토론 단체를 통해서가 아니라 책임감 있는 가장 높은 재판관의 위치에서 이런 경고와 견해를 밝히려는 목표를 결국 이루었다. 나는 이런 경고를 전함으로써 정의와 합법이 실현되는 나라로 돌아갈 것을 탄원하는 일에 내 생명을 바친다. 나는 우리 독일 민족에게 자유를 돌려줄 것을 요구한다. 우리는 노예의 사슬에 자유를 결박탈한 채 인생을 흘려보내고 싶지 않다. 그 사슬이 물질적 풍요를 보장하는 황금의 사슬이라고 해도 자유와는 바꿀 수 없는 일이다.

그들은 교수로서의 내 신분과 권리를 빼앗아갔고 그것도 모자랐는지 '최고 등급'으로 취득한 내 박사학위마저 박탈해 휴짓조각으로 만들더니 나를 가장 질 나쁜 범죄자로 취급했다.

개인의 세계관과 국가관을 진솔하고 용기 있게 고백하는 대학교수의 내적 품위를 '국가반역죄'라는 이름으로 강탈해서는 안 된다. 역사는 완고할 정도로 진실의 길만을 걸어왔다. 결국 그 역사가 증인이 되어 내 행위와 의지가 옳았음을 입증해줄 것이다. 나는 그것을 확신한다. 역사의 길을 정당화하는 정신적 힘이 내 민족에게서 꼭 필요한 때 태어나고 생동할 수 있기를 하느님께 기도한다. 나는 내면의 저 깊은 곳에서 울려나오는 진실의 소리에 따라 행동해야 했고, 또 그렇게 했다. 나는 요한 고틀리프 피히테의 훌륭한 말을 빌어 내 행동이 낳은 결과들을 책임지려고 한다.

그대와 그대의 행동에만

모든 것이 달려 있는 것처럼 행동하라.

독일과 관계된 모든 것의 운명,

그것은 그대의 책임이거늘.

이 사건에 이어 뮌헨과 그 밖의 남서부 여러 도시에서 대략 80여 명이 체포되었다는 소식이 들려왔습니다. 그들 중에는 국가반역죄를 지은 사람의 가족이라는 이유만으로 붙들려 와 투옥된 사람들도 많았습니다. 그 당시에 나치는 '반역자 가족 연대 책임'이라는 법을 정해놓고 시행했습니다. 반역자의 친족이 혹시나 저지를지도 모를 저항의 싹을 미리 잘라버리고 그 가능성의 통로를 처음부터 틀어막겠다는 뜻으로 공포한 법이었습니다.

1943년 4월 19일의 두 번째 재판에서 쿠르트 후버 교수, 빌리 그라프, 알렉산더 슈모렐은 사형선고를 받았습니다. 그 자리에 또 다른 피고인 열한 명이 서 있었는데, 그들도 모두 선고를 받았습니다.

쿠르트 후버Kurt Huber
1893~1943

고등학생인 한스 히르첼, 하인리히 구터, 프란츠 뮐러는 5년의 구금형을 선고받았습니다. 여대생 트라우테 라프렌츠, 기젤라 쉐르틀링, 카린 쉬데코프는 1년의 징역형을 받았습니다. 그들은 모두 한스와 소피의 친구들이었습니다. 친구 중 수잔나 히르첼은 6개월 금고형을 선고받았습니다. 그 밖에 의대생 헬무트 바우어, 대학의 조교였던 하인리히 볼링거와 오이겐 그리밍거에게는 종신형이 선고되었습니다.

그리밍거 씨는 그 당시 슈투트가르트시市의 경제 고문관으로 일하고 있었는데 나의 아버지와 어릴 적부터 막역한 친구 사이였습니다. 그분은 하루도 거르지 않고 뒤에서 적극적으로 저항을 돕는 저항의 산파 역할을 맡았습니다. 특히 그분은 억압당하거나 추방당한 사람들을 도와주는 데 인색하지 않았습니다. 재정 지원을 통해 뮌헨 사람들의 저항 운동을 지지한 사람도 그리밍거 씨였습니다. 그분의 부인인 예니 그리밍거도 체포되었습니다. 남편보다 조금 늦게 검거되긴 했지만 1943년 12월 아우슈비츠 수용소에서 다른 사람들과 함께 학살되는 참극을 맞이했습니다.

빌리 그라프의 친구들인 바우어와 볼링거는 이미 몇 년 전부터 '국가사회주의'에 맞서 거센 저항을 지속해 왔습니다. 특히 볼링거는 자그마한 무기 창고를 마련해 물리적인 저항 운동을 준비했다고 합니다.

참으로 특이한 일입니다. 이렇게 어마어마하고 깜짝 놀랄 만한 재판에 대해 그 당시 독일의 보도 기관들과 시사 매체들이 단 한마디 언급조차 하지 않았으니까요. 〈민족의 관찰자〉라는 신문에 '전시戰時 조국을 배반한 자들의 마땅한 형벌'이라는 제목으로 대략 30줄 정도로 짧게 보도되었을 뿐입니다. 사건의 중요성을 희석시키려는 목적 말고는 아무 의미도 없었습니다.

그러나 그들의 의도대로만 되는 것은 아니었습니다. 뮌헨에서 일어난 사건들에 관한 소식이 들불처럼 일어나 까마득히 먼 러시아 전선에까지 번져갔습니다. 그 소식은 집단수용소, 감옥, 유대인 수용 시설을 넘어 거침없는 물결처럼 독일의 곳곳으로 퍼져갔습니다.

마침내 수백만 명을 억누르는 실체가 무엇인지를 진

지하게 묻고 비판하는 이들이 나타났습니다. "엉터리 전설은 없애버리자."라고 독일인들에게 호소했던 헬무트 폰 몰트케를 비롯한 저항 운동가들이 저항의 대열에 합류했습니다. 신문과 텔레비전에서 간접적으로 보고 듣는 것보다는 현장에서 직접 저항의 울림소리를 반복적으로 들려주는 것이 훨씬 더 끈끈하고 강렬한 효과를 내기 마련입니다. 저항의 밑바닥에는 저항의 힘을 밀어 올리는 고유한 법칙이 있으니까요.

후버 교수와 알렉산더 슈모렐이 사형 집행을 당하던 1943년 7월 13일, 하필이면 이날 뮌헨대학생들의 항거와 관련된 세 번째 재판이 이어졌습니다. 대학생들과 뜻을 함께해왔던 친구들이지만 그들보다는 나이가 더 많은 네 명이 뮌헨의 특별 법정에 서게 되었습니다. '백장미' 전단을 복사하고 살포하는 일에 협력했던 서점 주인 요제프 죈겐, 크리스토프 프롭스트의 의붓아버지 하랄트 도른, 화가 빌헬름 가이어, 한스를 비롯한 뮌헨대학생들의 저항을 돕기 위해 자신의 아틀리에를 제공했던 화가이자 건축가 만프레트 아이케마이어였습니다. 이들은 3개월에서 6개월에 이르는 징역형을 받았습니다.

뮌헨대학생들의 저항 운동에 참여한 사람 중 마지막 죽음의 희생자는 하랄트 도른과 그의 처남 한스 크베케였습니다. 1945년 봄, 전쟁이 끝나기 일주일 전에 변호사인 게른그로스 박사가 이끌어온 '자유 운동'이라는 저항 단체가 뮌헨 방송국을 점거했다는 소식이 저항 인물들의 입을 통해 널리 알려지게 되자 하랄트 도른과 한스 크베케는 '자유 운동' 단체에 가담해 힘을 보태려고 했습니다. 그러나 두 사람의 계획은 곧 탄로 나고 말았습니다. 그들은 뮌헨 근처의 어느 숲에서 나치 친위대에게 사살되는 참변을 당했습니다. 첫 희생자인 소피와 한스 숄 남매, 크리스토프 프롭스트 이 세 사람의 무덤에서 불과 수백 미터 떨어진 곳에서 두 사람의 무덤이 발견되었습니다.

1943년 여름부터 그해 12월까지 여러 저항 조직들이 연합해 커다란 저항 단체를 출범시켰습니다. 특히 늦가

을에 정비된 이 저항 단체는 훗날 '백장미 함부르크 지부'라는 이름으로 독일의 저항사抵抗史에 남게 되었습니다. 뮌헨의 경우와 마찬가지로 대학생들과 지식인들이 힘을 합쳐 결성한 단체였습니다. 이들 중에서 마지막까지 살아남은 사람은 50여 명이었습니다. 저항을 주도하는 핵심 역할을 맡은 대학생들과 이들을 도와주거나 이들과 관련된 사람들까지 포함해 모두 여덟 명이 죽음을 맞이했습니다. 그 여덟 사람은 이들입니다.

한스 콘라트 라이펠트

그는 자연과학을 전공하는 대학생이었습니다. 1920년 7월 18일에 출생한 그는 1945년 1월 29일 뮌헨의 '슈타델하임' 형무소에서 단두대형을 받았습니다.

그레타 로테

그녀는 의과대학 졸업생이었습니다. 1919년 6월 13일에 출생한 그녀는 감옥에서 병이 깊어져 1945년 4월 15일 '라이프치히-되젠' 병원에서 운명했습니다.

라인홀트 마이어

그는 철학을 전공하는 대학생이었습니다. 1920년 7월 18일에 출생한 그는 1944년 11월 12일 '함부르크-풀스뷔텔' 형무소에서 사형 집행을 당했습니다.

프레데리크 고이센하이너

그도 그레타 로테처럼 의과대학 졸업생이었습니다. 1912년 4월 24일에 출생한 그는 1945년 4월 '마트하우젠' 강제수용소에서 생명을 빼앗겼습니다.

카타리나 라이펠트

그녀는 한스 콘라트의 어머니로서 자연과학 분야의 박사였습니다. 1893년 5월 28일에 출생한 그녀는 1944년 1월 9일 '함부르크-풀스뷔텔' 형무소에서 스스로 목숨을 끊었습니다.

엘리자베트 랑게

1900년 7월 7일에 출생한 그녀는 1944년 1월 28일 카타리나 라이펠트처럼 '함부르크-풀스뷔텔' 형무소에서 스스로 세상을 등졌습니다.

쿠르트 레디엔

그는 법학 박사였습니다. 1893년 6월 5일에 출생한 그는 1945년 4월 23일 '노이엔감메' 강제수용소에서 교수형을 당했습니다.

마르가레테 므로세크

1902년 12월 25일에 출생한 그녀는 1945년 4월 21일 '노이엔감메' 강제수용소에서 쿠르트 레디엔보다 이틀 먼저 교수형을 당했습니다.

'일제 야콥'이라는 사람의 보고서에는 '백장미 함부르크 지부'의 성격이 자세히 기록되어 있습니다.

우리 '백장미 함부르크 지부'는 뮌헨에서 최초로 뿌려진 전단을 읽고 마음이 움직여 자발적으로 결성되었다. 우리 모임의 구성원들은 각자 개별적으로 활동해왔던 까닭에 감옥이나 강제수용소에서 처음 만나는 경우가 많았다. '함부르크' 단체 내부에서 개별적인 그룹들을 협력시키려는 노력은 알베르트 쥬르와 하인츠 쿠카르스키에 의해 시작되었다. 각 그룹을 연결해주는 연락책을 활용하려고 계획한 것만 보더라도 두 사람의 활동이 얼마나 중요했는지를 알 수 있다. 이들의 노력에 힘입어 '함부르크' 단체의 구성원들은 훗날 함부르크의 두 서점에서 저녁 시간을 이용해 정기적으로 토론 모임을 가졌다. 유명한 서적 상인 펠릭스 유드의 서점에서 자주 계획을 의논했다.

'백장미 함부르크 지부'에는 이제 열일곱 살밖에 안 된 청소년들도 있었다. 아직 학교에 다니거나 공장에서 일하거나 전쟁터의 노력 봉사에 동원될 아이들이었다. 그들은 국가사회주의 학교와 청소년 조직을 통해 원하지 않는 교육을 받아왔다. 그들의 저항은 그들 중의 한 사람인 토르스텐 뮐러의 글에 쓰여 있는 것처럼 나치의 모순을 알게 되면서 시작되었다. 영국 케임브리지나 스위스 바젤에서는 지극히 당연한 것으로 인정되는 일들이 왜 이곳 독일에서는 '심각한 정치적 갈등'으로 취급되어 비밀경찰의 추적에 시달리다가 국민재판소로 넘겨져서 국가반역죄를 뒤집어쓰는지 이해할 수 없었던 것이다.

결국 그들은 자신들의 판단과 관심에 따라 움직였다. '심각한 정치적 갈등'을 일으키는 반역죄로 몰리는 것을 두려워하지 않고 그들의 소신대로 생각하고 행동한 것이다.

1969년 우르젤 호호무트와 게르투루트 마이어에 의해 출간된 《1933년에서 1945년 함부르크 저항 운동의 역사》에는 '백장미 함부르크 지부'의 활동이 자세히 기록되어 있습니다.

뮌헨과 함부르크의 저항 단체를 연합시킨 사람은 함부르크 의과대학의 여대생 트라우테 라프렌츠였습니다. 그녀는 1941년부터 뮌헨대학교에서 의학을 공부하며 알렉산더 슈모렐, 한스 숄, 소피 숄과 매우 친하게 지냈습니다.

트라우테는 1942년 여름에 배포된 '백장미' 전단을 함부르크 대학교의 학우들인 그레타 로테, 하인츠 쿠카르스키, 칼 루드비히 슈나이더에게 전해주었습니다. 후

버 교수, 빌리 그라프, 알렉산더 슈모렐이 사형선고를
받던 1943년 4월, 트라우테 라프렌츠도 그들과 같은
법정에서 징역형을 선고받게 되자 뒤를 이어 '백장미'
전단을 살포하는 일은 화학을 전공하는 한스 콘라트 라
이펠트가 맡았습니다. 국가사회주의 정부가 연금 지급
을 중단해 생계가 곤란해진 후버 교수의 미망인과 자녀
들을 돕기 위해 구호 활동을 벌인 사람도 라이펠트였습
니다.

1921년 오스트리아 빈에서 태어난 한스 콘라트 라
이펠트는 어릴 적부터 함부르크에서 성장했습니다. 그
의 부모님은 두 분 다 화학을 전공했다고 합니다. 어머
니는 유대인 가정에서 태어났지만 라이펠트와 그의 누
이동생은 어머니의 종교적 전통과는 다르게 개신교 교
육을 받았습니다. 그러나 1935년 나치가 정한 '뉘른베
르크 법'에 의해 그들 가족에게는 '유대 잡종 1등급'이
라는 낙인이 찍혔습니다. 라이펠트는 이런 상황에 아
랑곳하지 않고 열여섯 살에 대학입학 자격시험을 치른
후 제3제국의 노역勞役과 군대에 자원했습니다. 라이펠

트는 프랑스 전선에서 전차 부대의 병사로 활약했으나, 얼마 못 가서 '반半 유대인'의 '불명예제대'라는 새로운 법의 적용을 받아 강제로 군복을 벗어야만 했습니다.

그는 1941년 함부르크대학교에서 화학 공부를 시작했지만 불과 1년 만에 퇴학 처분을 당했습니다. '유대 잡종'은 전공을 불문하고 수학할 수 없다는 것이 이유였습니다. 어쩔 수 없이 그는 뮌헨으로 거처를 옮겼습니다. '노벨화학상'을 수상했던 하인리히 빌란트 교수가 이끄는 '뮌헨대학교 화학연구소'는 나치 체제에 반기를 들거나 박해를 당한 사람들의 피난처 역할을 했습니다. 그 어떤 위협에도 두려움이 없었던 이 고매한 인격의 과학자는 '나치 인종법'에 따라 '비非 아리안'으로 낙인찍힌 남녀 대학생들을 언제든지 자신의 연구소로 받아들여 강제노동이나 이보다 더 가혹한 처우로부터 그들을 지켜주었습니다.

1942년 라이펠트가 뮌헨에서 화학 공부에 열중하던 어느 날, 그의 외할머니는 테레지엔슈타트의 유대인 수용소에서 학살되는 참변을 당했습니다.

한스와 소피가 체포된 직후 라이펠트는 '백장미 전단 제6호'를 받아 읽었습니다. 그는 여자 친구 마리 루이제 얀과 함께 제6호 전단을 다량으로 복사한 뒤에 전단에 다음과 같은 구호를 달았습니다.

"그럼에도 여러분의 정신만큼은 언제까지나 살아 있기를!"

두 사람은 이 구호를 붙인 수많은 전단을 절반씩 나누어 각각 뮌헨과 함부르크에 살포했습니다. 트라우테 라프렌츠가 게슈타포에 의해 감금된 이후부터는 라이펠트가 뮌헨과 함부르크의 대학생 저항 운동을 연결하는 책임을 맡았던 것입니다.

함부르크 시내에 전단을 뿌리는 일에 이어 후버 교수의 미망인을 돕기 위해 은밀한 모금 운동을 벌인 것도 라이펠트의 발목을 잡는 올무가 되었습니다. 결국 그는 1943년 10월 8일에 체포되었습니다. 그의 어머니 카타리나 라이펠트 박사와 그의 누이동생 마리아는 국가반역죄를 지은 죄인의 가족이라는 이유로 투옥되었습니다. 어머니 카타리나는 1943년 12월 9일, 함부르크의

'풀스뷔텔' 형무소에서 죽음을 맞이했습니다. 아마도 스스로 목숨을 끊은 것으로 보입니다.

라이펠트가 체포된 지 1년이 지난 1944년 10월 13일, '백장미단'에 대한 네 번째 재판이 열렸습니다. 이 재판에서 한스 콘라트 라이펠트는 사형선고를 받았습니다. 그의 여자 친구인 마리 루이제 얀은 12년의 징역형을 선고받았습니다. 뮌헨대학교의 화학연구소에서 활동 중이던 다른 두 명의 피고인들에게는 최고의 징역형인 종신형이 선고되었습니다. 라이펠트는 그보다 앞서형 집행을 받은 여섯 명처럼 뮌헨의 슈타델하임 형무소로 이송되었습니다. 1945년 1월 29일, 그는 단두대에서 목숨을 잃었습니다.

함부르크에서는 지금까지 모두 네 번의 재판이 진행되었습니다. '쿠카르스키 외 몇 명에 대한 형사재판', '쥐르 외 몇 명에 대한 형사재판', '슈나이더 외 몇 명에 대한 형사재판', '힘프캄프 외 몇 명에 대한 형사재판'이 이어졌습니다. 하지만 이 함부르크 백장미단의 멤버들 중 세 명만이 선고를 받았을 뿐, 나머지 사람들에 대한 재판은 계류 중이었습니다.

1945년 4월 17일, 국민재판소는 하인츠 쿠카르스키에게 사형을, 루돌프 데크비츠 박사에게 1년 징역형을 선고했습니다. 1945년 4월 19일 펠릭스 유트에게는 4년 징역형이 선고되었습니다.

재판이 오랫동안 연기되어 더 이상의 사람들이 처벌의 소용돌이 속에 휩쓸려 들어가지 않은 것만도 함부르크 백장미단에게는 다행스러운 일이었습니다. 연합국이 여기 독일 땅에서도 나치의 활로를 막아버린 것입니다. 사형을 선고받을 것으로 보였던 쥬르와 그의 동료도 더 이상 선고를 받지 않았습니다.

이미 사형선고를 받은 쿠카르스키는 형 집행을 위해 '뷔초우 드라이베르겐' 형무소로 이송되던 중에 교도관들을 따돌리고 가까스로 도주하는 데 성공했습니다. 다른 수감자들은 1945년 5월 함부르크, 슈텐달, 바이로이트와 그 밖의 여러 곳에서 수감 생활을 끝내고 자유의 몸이 되었습니다.

1945년 1월부터 봄에 이르기까지 전 세계는 전쟁의

뮌헨의 슈타델하임 형무소. 한스 숄, 소피 숄, 크리스토프 프롭스트를 포함해
'반反 나치 저항 운동'을 펼친 사람들이 의로운 죽음을 맞이한 곳이다.

종결과 나치 정권의 종말을 시시각각으로 숨죽이며 기
다렸습니다. 그 당시 곳곳의 형무소에 갇혀 있던 수감
자들과 사형수들은 흐르는 시간과의 줄다리기 시합에
서 승리할 수도 있다는 일말의 희망을 품게 되었습니
다. 그러나 다른 면에서는 머리카락이 곤두서는 위험에
두려워지기도 했습니다. 자신의 몰락을 내다보는 독재
정권은 더욱 잔인해지기 마련이니까요.

부록

백장미 전단

I

한 나라의 국민으로서, 무책임하고 어두운 충동에 빠진 통치자에게 아무런 저항도 하지 않고 무기력하게 '지배'당하는 것보다 더 굴욕적인 일은 없습니다. 이 시대를 살아가는 독일인들 중에 진실한 마음을 가진 사람이라면 누구나 이 정권에 대해 치욕을 느끼지 않을까요?

지금은 어둠으로 뒤덮여 있지만 언젠가는 우리의 눈을 가렸던 베일이 벗겨질 날이 올 것입니다. 극악무도한 범죄가 밝은 햇살 아래 낱낱이 드러날 날이 올 것입니다. 그때 우리와 우리 아이들이 받을 굴욕의 상처가 얼마나 클지 예감하십니까? 독일 국민의 정신은 가장 깊은 근본에서부터 타락하고 무너졌습니다. 그 이유는 무엇일까요? 역사의 굽이마다 '합법성'을 외치는 목소리는 많았지만 그 '합법성'의 실체가 불확실하고 의심스러운 것임에도 덮어놓고 쉽사리 믿어버리면서 인간만이 가지고 있는 가장 숭고한 가치를, 인간을 다른 피조물과 다르게 드높여 주는 그 숭고한 가치를, 즉 인간의 자유와 자유의지를 희생시켰기 때문입니다.

우리 독일 국민의 정신이 근본적으로 무너질 수밖에 없었던 이유는 여기에 있습니다. 저들은 역사의 수레바퀴를 따라 역사의 운행에 순응하려는 이성적인 결정이었다고 말하겠지요. 그러나 독일인들 각자의 개성은 소멸하고 정신을 잃어버린 비겁한 대중으로 전락했다는 것을 인정한다면 앞날은 암담할 뿐입니다. 독일인들은 멸망의 구렁텅이 속으로 빠져들어도 아무 할 말이 없습니다.

괴테는 독일인을 유대인이나 그리스인들과 마찬가지로 비극적인 민족이라고 말했습니다. 그래도 그때는 '비극적'이라고 부를 만한 무언가가 남아 있었지만 오늘날의 독일인은 천박하기 이를 데 없습니다. 의지가 없는 비겁한 기회주의자가 되었습니다. 가장 깊은 내면의 골수와 중추를 고스란히 빼앗긴 채 스스로 몰락의 길을 재촉한 것입니다.

지금의 독일은 천천히 목을 죄어오는 폭력, 사람을 기만하는 폭력, 조직적이고 체계적인 폭력으로 각 개인을 자유롭지 못한 정신적 감옥 속에 가두어 놓았습니다. 각 개인은 자신의 자유를 폭력의 사슬에 결박당하고 나서야 비로소 그것이 불행이라는 것을 의식하게 됩니다.

게다가 오금이 저리는 멸망의 길로 치닫고 있는 것을 깨달은 사람은 소수에 불과합니다. 설령 누군가가 그것을 깨달아서 동포에게 길을 돌이키라고 영웅적인 경고의 메시지를 보낸다고 해도 그에게 돌아오는 것은 죽음뿐입니다. 이렇게 죽어가는 사람들의 운명에 관해 우리는 더 많은 이야기를 나눌 필요가 있습니다.

모두 누군가가 먼저 시작하기를 바라고 기다리기만 한다면 복수의 여신 네메시스의 사자들이 지체 없이 점점 더 가까이 다가올 것입니다. 살육에 만족할 줄 모르는 악마의 복수에 사로잡혀 마지막 한 사람까지 허망하게 희생되고 말 것입니다.

그렇게 되지 않으려면 이 나라의 모든 개인이 기독교와 서양 문명의 구성원이라는 책임감을 가지고 최후의 일각까지 맞서 싸워야 합니다. 인간성을 짓밟는 파시즘에 저항해야 합니다. 절대국가와 유사한 모든 조직에 저항해야 합니다. 저항, 적극적인 저항이 필요합니다. 언제 어디서든 하느님을 부정하는 이 전쟁 기계 집단의 계속되는 망동을 막아야 합니다. 너무 늦기 전에, 마지막 남은 도시들이 쾰른처럼 폐허의 잿더미가 되기 전에, 이 민족의 마지막 남은 청년들마저 비인간적인 한 인간의 망상으로 인해 피 흘리며 죽어가기 전에 우리 모두 저항의 기치를 세워야 합니다. 잊지 마십시오. 어떤 국민이든 자신이 지지하는 바로 그 정부만을 섬길 수 있다는 것을!

프리드리히 쉴러의 글 〈리쿠르고스와 솔론의 입법〉에는 다음과 같은 단락이 있습니다.

목표를 지향한다는 측면에서 볼 때 리쿠르고스의 입법은 인간학과 국가학 분야의 걸작이다. 리쿠르고스는 자기 자신의 내면에 토대를 둔, 부서지지 않는 강력한 국가를 원했다. 그가 추구한 목적은 정치적으로 강력한 힘과 그것의 지속성이었다. 리쿠르고스는 자신에게 주어진 상황과 환경 속에서 가능한 한 최선의 노력을 기울여 이 목적을 달성했다. 그러나 리쿠르고스가 염두에 두었던 목적과 인간성이 추구하는 목적을 대비시켜 본다면 서로 간에 불일치와 심각한 의견 차이가 나타날 수밖에 없다. 우리가 그저 스쳐 가는 눈길로 바라보더라도 "이렇게 다를 수가 있다니!" 하고 신기한 기분을 느끼며 얻게 되는 결론이다.

국가 자체도 수단이 되어 섬겨야 할 최선의 가치가 있다. 어떤 희생도 그 최선의 가치를 위해서만 정당화될 수 있다. 그 최선의 가치가 희생되어서는 안 된다. 국가 자체는 목적이 아니다. 국가는 인간성이 가지는 목적이 실현될 수 있는 조건을 만들어준다는 의미에서만 중요할 뿐이다. 여기서 인간성이 가지는 목적이란 인간이 가질 수 있는 모든 힘을 길러주는 것과 발전시켜주는 것을 말한다.

국가의 헌법에 문제가 있다면 기꺼이 부정하라! 인간의 내면에 잠재해 있는 모든 힘을 끌어내어 발전시켜라! 헌법이 인간 정신의 진보를 방해한다면 그런 헌법은 인간에게 해로운 것이므로 얼마든지 배척해도 좋다. 어떤 경우에도 헌법은 충분히 숙고하고 또 숙고해 헌법답게 제정되어야 한다.

그러나 지금의 헌법은 찬양받기는커녕 오히려 비난받아 마땅하다. 지금의 헌법은 사악함의 세월을 연장하게 하는 힘일 뿐이다. 지금의 헌법이 존속하는 시간이 길어질수록 우리에게 미치는 해악은 점점 더 커질 것이다.

…… 정치적 업적이란 도덕적 감정을 지불할 때 비로소 얻게 되는 소득이다. 정치적 업적을 쌓는 능력도 도덕적 감정에 의해 길러진다. 스파르타에서는 진정한 남녀 간의 사랑도, 진정한 모성애도, 진정한 효심도, 진정한 우정도 없었다. 그곳에는 시민만이 있었다. 시민에게 요구하는 덕성만 있을 뿐이었다.

…… 국가의 법은 스파르타 시민들을 의무에 복종하는 노예로 길들이는 비인간적인 세상을 만들었다. 시민들이 이렇게 불행한 희생물로 전락하는 나라 안에서 인간성은 철저히 모욕당하고 학대받았다. 스파르타 법전 그 자체만 보아도 알 수 있다. 법전에는 인간을 목적이 아닌 수단으로 간주한

다는 위험천만한 조항이 버젓이 명시되어 있다. 그 법 조항을 통해 스파르타에서는 자연법과 도덕성의 기본 토대가 합법적으로 파손돼 무너져버렸다.

…… 용맹한 장군 가이우스 마리우스가 어머니의 얼굴에서 흘러내리는 눈물을 차마 볼 수 없다는 이유로 로마를 공격하는 군단의 막사 안에서 로마에 대한 복수와 승리를 포기하는 인간적인 모습을, 이 세상 어떤 연극이 이보다 더 아름답게 표현할 수 있겠는가!

…… 리쿠르고스가 목적으로 삼은 '국가'라는 것은 민족의 정신이 활동을 멈추는 상황에서만, 그 유일한 조건에서만 영속성을 가질 수 있을 것이다. 말하자면 그 '국가'란 자신의 유일하고 지고한 목적을 잘못 설정해야만 유지될 수 있는 '국가'인 것이다.

여러분! 괴테의 희곡 〈에피메니데스의 각성〉 제2막 4장에 등장하는 '정령'과 '희망'의 대화를 들어봅시다.

정령:

담대하게 저 심연으로부터 뛰어오른 자는

흔들리지 않는 운명으로 인해

이 세상의 절반을 정복할 수 있을 것이나

그 운명은 마땅히 심연으로 되돌아가야 하리.

벌써 소름 끼치는 공포가 목을 죄어오는 것을 보라.

그의 저항은 아무 보람도 없이 끝나리라!

그가 지니고 있던 모든 것은

다 함께 마땅히 땅 밑으로 되돌아가야 하리.

희망:

지금 나는 내 용감한 정신을 만난다.

그 정신은 밤에는 자취를 감춘다.

잠들려는 것이 아니라, 침묵하려는 것이다.

침묵 속에서 '자유'라는 아름다운 낱말이

속삭여지고 소곤거려진다.

그 무엇에도 길들여지지 않은 새로움으로

우리의 신전神

계단에 우뚝 서서

마침내 또다시 황홀에 취해 소리칠 때까지

"자유여! 자유여!"

여러분! 이 '백장미' 전단을 최대한 많이 복사해 널리 배
포해주시길 간절히 청합니다!

백장미 전단

II

국가사회주의와 정신적으로 논쟁을 벌이거나 그것을 비판할 수 없는 것은 정신적 힘이 없기 때문입니다. '국가사회주의'의 세계관에 관해 말한다는 것조차 잘못된 일입니다. 설령 그런 세계관이 있다 해도 그것이 어떤 세계관인지를 정신적 수단을 동원해 증명하거나 논쟁해야 하겠지만, '국가사회주의'의 실상은 완전히 다른 양상입니다. '국가사회주의'의 현실은 싹을 내밀기 시작할 때부터 이미 동료를 기만하는 길로 움직이고 있었습니다. 이미 그때부터 '국가사회주의'의 현실은 가장 깊은 곳에서부터 부패했고 끊임없는 거짓을 통해서만 버틸 수 있었습니다.

가장 악하고 역겨운 독일어로 쓰인 책이지만, 독일 민족의 시인들과 사상가들에 의해 《성경》처럼 추앙받는 히틀러의 저서가 있습니다. 그 초판에서 히틀러는 다음과 같이 강조하고 있습니다.

"한 민족을 지배하기 위해 그 민족을 기만한다는 생각을 해서는 안 된다."

독일 민족에게 깊이 뿌리 내린 이 암癌 덩어리를 처음부터 자각할 수 없었던 이유가 있습니다. 독일 민족이 병들어가는 것을 저지하기 위해 선한 세력들이 열정적으로 노력을 기울였기 때문입니다. 그러나 조그만 종양은 점점 더 커져갔습니다. 결국 그 종양은 더 이상 처방조차 내릴 수 없을 정도로 부패해가는 세포들에 의해 갈수록 강해지더니 암덩어리로 팽창하고 말았습니다.

독일 민족의 온몸은 암세포로 뒤덮였습니다. 나치에게 대항하던 다수의 반대자가 몸을 숨겼습니다. 독일의 지식

인들은 지하실로 도피했습니다. 그곳에서 그들은 야음夜陰
성 식물처럼 햇빛으로부터 격리되어 점점 더 숨이 가빠져
마지막 남은 호흡조차 잃어버리게 되었습니다.

지금 우리는 더 이상 물러설 곳이 없습니다. 이제는 스스
로 각성하고 누구를 만나든지 상대방의 의식을 일깨워주어
야 합니다. 이것을 언제나 염두에 두면서 마지막 한 사람까
지 이 부패한 체제에 맞서 싸워야 한다는 엄연한 필연성을
확신할 때까지 투쟁을 멈추지 말아야 합니다.

저항의 외침 소리가 독일의 온 땅을 물결처럼 휩쓸어 간
다면, 투쟁의 외침이 독일의 온 하늘을 가득 메운다면, 독일
의 수많은 사람이 대동단결한다면, 저들이 아무리 발악하
며 폭력을 행사한다고 해도 이 체제는 결국 무너지고 말 것
입니다. 끝없이 계속되는 공포보다는 공포를 감수하며 끝
을 보려는 최선의 노력이 훨씬 더 나은 법입니다.

독일의 역사가 지닌 의미에 대해 결론적인 판단을 내리
는 것은 우리가 섣불리 해서는 안 될 일입니다. 그러나 시
대의 막다른 골목에서 역사의 의미를 궁극적으로 판단하는
일이 우리의 행복에 도움을 준다면 그런 판단을 통해서라

도 우리가 해야 할 행동이 무엇인지를 결정해야 합니다. 고통을 감수하지 않고서는 시대와 역사도 정화될 수 없습니다. 칠흑같이 어두운 밤을 이겨내야만 새벽의 빛을 갈망할 수 있습니다. 우리 스스로 떨쳐 일어나 단결하지 않는다면 이 세계를 억압하는 압제의 멍에에서 벗어날 수 없다는 뜻입니다.

'백장미' 전단을 통해 유대인 문제를 강조하려는 것이 아닙니다. 그 문제에 대한 변명을 늘어놓으려는 것도 아닙니다. 절대 그런 의도가 아닙니다. 다만 분명한 본보기로 실제적 사실을 간략히 알려주려고 합니다.

폴란드가 나치에게 점령된 이후 이 나라에서만 약 30만 명의 유대인들이 끔찍하고 잔인한 방법으로 학살되었습니다. 이 사건에서 우리는 인간의 존엄성을 말살하는 소름 끼치는 범죄를 목격하게 됩니다. 이와 비슷한 사건을 찾는 것이 불가능할 만큼 유사 이래 보기 드문 범죄를 우리는 목격하고 있습니다.

유대인도 엄연히 '사람'입니다. 그렇게 잔혹하기 짝이 없는 범죄가 서슴없이 저질러졌기에 유대인 문제에 관심의

촉각을 곤두세우는 것은 지나친 일이 아닙니다. 유대인은 그런 운명을 겪을 만한 민족이기 때문에 당연히 겪는 것뿐이라고 말하는 사람도 있을 것입니다. 그런 주장이야말로 하늘을 찌를 듯이 오만방자한 태도입니다. 그 주장이 맞다면, 폴란드 귀족 출신의 모든 젊은이가 파멸의 나락으로 떨어지게 된 사실은 어떻게 해명할 수 있다는 말입니까? "어떻게 이토록 참혹한 일이 일어날 수 있단 말인가?"라고 여러분은 물을 것입니다.

15세에서 20세까지 모든 폴란드 귀족 계층의 사내들은 독일로 끌려가 집단수용소에서 강제노동에 시달렸습니다. 같은 또래의 모든 미혼 여성은 노르웨이로 끌려가 나치 친위대원들의 성적 노리개가 되었습니다. 이러한 사실들 외에도 여러분이 이미 잘 알고 있는 모든 사건을 어떻게 달리 설명한다는 말입니까? 인간의 짓이라고는 말할 수 없을 만큼 소름 끼치는 범죄들을 해명할 길이 있겠습니까?

우리는 여기서 우리 모두의 가슴속 깊이 와 닿는 문제 한 가지를, 우리 모두가 깊이 생각해봐야 할 문제 한 가지를 다루고자 합니다. 어째서 독일 민족은 추악하고 비인간적인

이 모든 범죄를 모른 척하고 있는 것일까요?

이 문제에 대해 진지하게 생각해보는 독일인을 도무지 찾을 수 없습니다. 사실을 사실로만 받아들일 뿐입니다. 독일 민족의 이성은 또다시 둔하고 약해졌습니다. 잠에 빠져 헤어 나오지 못하고 있습니다. 독일인들은 이런 군부독재의 범죄들이 활개칠 수 있도록 용기를 불어넣고 범죄자들이 미쳐 날뛸 수 있는 기회를 제공하고 있을 뿐입니다. 이런 현실은 독일인들의 인간적인 감정이 거칠다는 증거가 아닐까요? 부인할 수 없는 사실들을 똑똑히 보면서도 그들의 목청에 자리 잡은 바이올린의 다섯 현絃 중 어느 것 하나 절규의 소리를 울리지 않는다는 것이 그 증거가 아닐까요? 그들이 죽음이나 다름없는 잠 속에 깊이 잠겨 결코 다시는 깨어나지 못한다는 표시가 아닐까요?

만약 독일인들이 지금과 같은 아둔함을 끝내 떨쳐버리지 못한다면 그 증거는 확실해질 것입니다. 그들이 잔인무도한 범죄에 맞서 언제든지 저항할 수 있음에도 저항하지 않는다면, 그리하여 죄 없이 죽어가는 수십만 명의 희생자들에게 일말의 연민을 느끼지 못한다면 그들이 깊은 잠에 빠져 있다는 증거가 더욱 분명해질 것입니다.

독일인들은 희생자들에 대해 연민을 느끼는 것만으로 그쳐서는 안 됩니다. 이보다 더 큰 것이 필요합니다. 그것은 범죄에 대해 독일인들 모두가 가져야 할 공동의 죄책감입니다. 독일인은 지금까지 무심하게 방관하는 태도를 보임으로써 이 사악한 인간들에게 그런 범죄를 저지를 수 있는 가능성을 안겨주었습니다. 끝없는 죄의 짐을 자신의 어깨 위에 첩첩이 쌓아 올리고 있는 이 '정부'를 참아내기만 했습니다. 이렇게 저열한 '정부'가 이 땅 위에 존재할 수 있다는 것은 독일인들 모두의 공동 책임이 아닌가요?

하지만 독일인은 누구나 그런 공동의 죄책감에서 벗어나려고만 했습니다. 죄책감으로부터 멀리 도망가 두 눈을 감은 양심과 함께 또다시 깊은 잠에 빠져 있습니다. 그러나 아무리 애를 써도 죄책감에서 자유로울 수는 없는 법입니다. 독일인이라면 누구나 죄를 지은 것입니다. 그 누구도 부정할 수 없는 죄를 말이지요!

그러나 아직 늦지 않았습니다. 역사상 잘못 태어난 정부政府들 중에서도 가장 가증스러운 이 정부를 세상 밖으로 퇴출

시키기에 아직 늦지 않았습니다. 독일인들이 더 이상 죄를 가중시키지 않으려면 이 정부를 몰아내야 합니다.

지난 몇 년 동안 감겨 있던 우리의 눈은 이제야 열리게 되었습니다. 누구와 함께 손을 잡고 이 엉터리 정부를 몰아내야 하는지 이제야 알게 되었습니다. 지금 우리는 이 악독한 독재자를 몰락시킬 수 있는 가장 좋은 시간을 맞이했습니다. 바로 지금입니다. 지금 이 기회를 놓치지 말아야 합니다. 전쟁이 터지기 직전까지는 국가사회주의자들에게 현혹당하는 것이 독일 민족의 일상이었습니다. 전쟁이 일어나기 전까지 그들은 정체를 드러내지 않았지요.

하지만 이제 모두 그들의 정체를 파악해버렸으니 주저할게 없습니다. 이 짐승보다 못한 독재자를 제거하는 것이 모든 독일인의 유일하고도 지고한 의무이자 가장 신성한 과제입니다. 노자는 《도덕경》에서 이렇게 말했습니다.

정치가 총명하지 않고 흐릿하기만 하면 그 백성은 순박하고 어질게 된다. 그 정치가 총명하고 밝으면 백성은 욕구불만에 빠지고 거기에서 앞다투는 경쟁이 일어난다. 화禍, 그

곁에는 복福이 기대어 서 있고 복, 그 속에는 화가 숨어 있다. 화와 복의 이런 순환 관계를 아는 이는 아무도 없다. 정녕 올바른 것은 없는 것인가? 올바른 것은 다시 기이한 것으로 변하고, 선한 것은 다시 악한 것으로 변한다.

사람이 미혹을 받아 고통을 느끼게 된 지 오래되었다. 이렇기 때문에 성인聖人은 방형方形이지만 그 모서리로 다른 사람을 해치지 않고, 모가 나 있어도 모난 것으로 다른 사람을 상하게 하지 않는다. 성인聖人은 곧게 펴져 있어도 곧은 것으로 다른 사람을 찌르지 않고, 빛이 있어도 빛으로 다른 사람을 끌지 않는다.

천하를 손아귀에 움켜쥐고 주무르고자 하는 자들이 그치지 않는 것을 나는 보고 있다. 그러나 천하는 신비한 그릇과 같아서 인위적으로 지배할 수 없다. 천하를 인위적으로 지배하려는 자는 그것을 파괴할 것이며, 천하를 인위적으로 붙잡으려는 자는 그것을 잃게 될 것이다. 이 세상 만물 중 어떤 것은 앞서 가고 또 어떤 것은 뒤따라간다. 어떤 것은 숨을 가늘게 내쉬고 또 어떤 것은 숨을 크게 내뿜는다. 어떤 것은 강하고 또 어떤 것은 약하다. 어떤 것은 스스로 짐을 지고 또 어떤 것은 파괴한다. 이러므로 성인聖人은 지나친 행동을 삼가고 낭비를 피하며 태만함을 피한다.

여러분! 부디 이 전단을 최대한 많이 복사해 독일 전역에 널리 배포해주시길 간절히 청합니다.

백장미 전단

III

국민을 존중하는 것이 최상의 법이다

모든 이상적인 국가의 형태는 유토피아입니다. 국가란 전적으로 이론적으로만 구성될 수 없습니다. 한 국가는 개인이 성숙하듯이 그렇게 성숙해야 합니다. 하지만 지상의 어떤 문화든 처음에는 국가의 원형이 존재했다는 사실을 잊어서는 안 될 것입니다. '인간'이 이 땅에서 살아온 세월만큼 '가족'도 오랜 역사를 지니고 있습니다. 이런 유사有史 이전의 공동생활로부터 이성을 가지게 된 '인간'은 '국가'라는 사회를 만들었습니다.

국가의 토대는 '정의'이며 국가의 지고한 법칙은 만인의 유익이 되어야 합니다. 국가는 하느님의 질서와 닮은 것을 표현해야 합니다. 모든 유토피아의 지고한 가치인 '신국神國'은 국가가 궁극적으로 추구하는 모범상입니다.

우리는 여기서 서로 다른 갖가지 국가 형태, 즉 민주주의, 입헌군주제, 전제군주제 등을 판단하려는 것이 아닙니다. 이의 없이 분명하게 부각되어야 할 사실은 한 가지뿐입니다. 필요하고 합법적인 국가를 향해 개인의 자유를 전체의 유익과 함께 보장해달라고 정당하게 요구할 수 있는 권리가 각 개인에게 있다는 사실이 그것입니다. 인간은 하느님의 뜻에 따라 '국가'라는 공동체 안에서 독립적으로 자유롭게 공동생활과 협력 관계를 이루어가면서 자신의 개인적인 목적과 자신의 일상적 행복을 자주적이고 자발적으로 성취하고자 힘써야 합니다.

그러나 오늘날 우리의 '국가'는 사악한 자의 독재국가입니다. 여러분은 "이미 오래전부터 잘 알고 있는 문제를 또다시 들고 나올 필요가 있소?"라고 이의를 제기할 수도 있습니다. 그렇다면 여러분에게 묻겠습니다. 여러분은 그 사실을 알면서도 어째서 떨쳐 일어나지 않는 것입니까? 여러분은 어째서 주저앉아 참고만 있는 것입니까? 이 독재 권력을 휘두르는 자들이 야금야금 여러분의 눈을 속이면서 여러분의 모든 권리를 하나둘씩 빼앗아가고 있는데 어째서 여러분은 견뎌내고만 있는 것입니까?

이렇게 참기만 한다면 범죄자들과 흡혈귀들이 주도하는 기계적인 국가 통치 외에는 아무것도 남지 않는 날이 성큼 다가올 것입니다. 여러분의 정신은 폭력에 제압당해 힘을 모조리 잃어버렸습니까? 이 독재 체제를 이 땅에서 몰아내는 것이 여러분의 권리이자 여러분의 도덕적 의무임을 잊었단 말입니까?

자신의 권리를 요구할 힘을 잃는다면 인간은 몰락의 길로 접어들 수밖에 없습니다. 이토록 절망적인 시간 속에 파묻혀 있던 우리가 어둠을 떨치고 일어나지 않는다면, 지금까지 우리에게 너무나 부족했던 용기를 마침내 살리고 발휘하지 않는다면, 우리는 바람에 날리는 먼지처럼 온 세상으로 뿔뿔이 흩어진다 해도 변명조차 할 수 없게 될 것입니다.

여러분! 설령 용기가 없다 해도 교활함의 외투로 여러분의 비겁함을 가리고 감싸지는 마십시오. 이 악마 같은 독재자에게 저항하지 않는 날이 거듭될수록, 저항을 주저하는 날이 거듭될수록, 여러분의 죄는 포물선을 그리듯이 점점 더 둥그렇게 점점 더 높이 쌓여만 갈 것입니다.

이 전단을 읽는 대부분의 사람은 저항을 어떤 식으로 해야 할지 명확한 방법을 알지 못했을 것입니다. 방법보다 더 중요한 것은 저항의 실현 가능성이나, 방법을 모르기 때문에 그 가능성을 보지 못하는 것입니다.

어떻게 저항해야 하는지를 모르는 사람들을 위해 우리가 그 방법을 알려주고자 합니다. 혈혈단신으로 맞서는 개인적 투쟁이나 상처 깊은 망명객들의 싸움만으로는 이 '정부'를 무너뜨릴 수 없을 것입니다. 굳은 신념과 강인한 근성을 가진 수많은 사람이 일치단결해 모든 수단을 동원하지 않고서는 목적을 이룰 수 없습니다.

우리에게는 선택해야 할 수단이 많지 않습니다. 우리가 사용해야 할 수단은 단 한 가지뿐입니다. 바로 그것은 '수동적 저항'입니다. 외관상으로는 강해 보이지 않지만 그들의 가치를 붕괴시키는 정신적 작업을 통해 그들의 체제를 몰락시키는 '저항'인 것입니다.

'수동적 저항'의 목적과 의미는 '국가사회주의'를 몰락시키는 데 있습니다. 이런 투쟁을 전개할 때는 방향을 정하는 것을 주저하지 말아야 합니다. 행동을 펼치는 것을 망설이지 말아야 합니다. 그들이 영위하는 그 어떤 영역에서도 우리의 투쟁은 가능합니다. '국가사회주의'가 아니어서 공격받지 않게 될 경우를 제외하고는 그 어떤 경우에도 '국가사회주의'는 마땅히 공격받아야 합니다. '국가'라고 규정할 수 없는 이 엉터리 '국가'는 가능한 한 빨리 종말을 맞이해야 합니다.

우리가 함께 겪고 있는 이 전쟁에서 군부독재의 독일이 승리를 거둔다면 무시무시한 결과들이 이어질 것입니다. 모든 독일인이 가장 먼저 염려해야 하는 것은 소련의 '볼셰비즘'에 대해 군사적 승리를 거두는 문제가 아니라 '국가사회주의자'들을 몰락시키는 문제입니다. 지금은 이 문제를 무조건 최우선 순위에 올려놓아야 합니다. 모든 독일인을 향해 이토록 절실하게 요구할 수밖에 없는 필연성이 무엇인지를 다음 번 전단에서 밝히겠습니다.

지금은 '국가사회주의'를 단호하게 반대하는 모든 사람이 이 문제를 제기해야 합니다. 현재의 엉터리 '국가'에 맞서 어떻게 투쟁하는 것이 가장 효과적인가? 어떻게 하면 나치에게 심각한 타격을 줄 수 있는가?

이미 말씀드린 '수동적 저항'이 이 문제에 대한 해답입니다. 다른 답을 찾을 수 없습니다. 투쟁을 펼쳐나갈 때 각자에게 맞는 개인적인 투쟁 노선을 따로 설정하기는 불가능합니다. 우리가 제시할 수 있는 것은 일반적인 방향성일 뿐입니다. 투쟁을 실현하는 길은 각자 스스로 찾아가야 합니다.

군수산업과 전쟁에 필요한 모든 산업의 현장에서 파업을 합시다. 나치에 의해 일상생활이 되어버린 모든 집회, 모든 선전, 모든 의례儀禮, 모든 조직에 불참합시다. 막힘없이 쏟아져 나오는 전쟁 무기들의 생산 경로를 방해합시다. 전쟁을 위해서만 사용되는 기계는 나치와 그 독재 체제를 지탱하고 보존하는 일에만 기여할 뿐입니다.

현재 진행 중인 전쟁을 지속하도록 힘을 실어주는 모든 자연과학과 모든 인문과학 분야의 연구 활동을 중단합시다. 그 현장이 대학교든, 실험실이든, 연구소든, 기술전략 회의실이든 전쟁에 도움을 주는 모든 연구 활동을 그만둡시다. 군부독재자들의 그릇된 명성을 드높일 수 있는 문화 예술 분야의 모든 집회에 불참합시다. '국가사회주의'와 밀착되어 그들을 섬기고 있는 조형예술의 모든 분야에서 창작 활동을 중단합시다. 이 '정부'의 오염된 돈을 받고 나치의 이념과 나치의 거짓말을 전파하는 데 여념이 없는 모든 잡지와 모든 신문의 발간을 중단합시다.

길을 걷다가 거리의 모금 활동을 보면 한 푼도 내지 맙시다. 겉으로는 자선 활동을 구실로 내세우지만 이건 위장술입니다. 실제로 적십자단이나 가난한 자들을 위해서 모금 활동을 벌이는 것이 아닙니다. 정부의 재정적인 목적으로 돈을 모으는 것도 아닙니다. 그들의 인쇄기는 지금 잠시도 멈추지 않고 움직이면서 막무가내로 엄청난 양의 지폐를 찍어내고 있습니다. 독일 국민은 긴장의 끈을 바짝 조여야만 합니다. 금속 모으기와 직물 모으기를 비롯해 그 밖의 모든 모으기 운동에 불참합시다.

상하 계층을 막론하고 모든 독일 국민은 이 전쟁을 지속하는 것이 무의미하고 가망 없는 일임을 확신하시기 바랍니다. 국민의 정신과 경제가 나치에게 노예처럼 철저히 예속되었고 국민의 도덕적 가치와 종교적 가치도 나치에 의해 파괴되었다는 것을 자각하고, '수동적 저항'의 대열에 다 함께 참여합시다.

여러분! 이 전단을 최대한 많이 복사해 널리 배포해주시길 간절히 청합니다.

백장미 전단

IV

아이에게 입버릇처럼 들려주는 옛 격언이 있습니다. "들으려고 귀를 열지 않는 사람은 손으로 만져보고 느껴야 한다."라는 격언 말입니다. 그러나 아무리 영리한 아이라 해도 한 번쯤은 뜨거운 오븐에 손가락을 데일 것입니다.

지난 몇 주 동안 히틀러는 아프리카 전선에서도, 러시아 전선에서도 연이어 승리의 낙인을 찍었습니다. 그 결과는 좋은 것만이 아니었습니다. 독일 국민의 눈으로 볼 때 낙관적인 생각이 계속될지 모르지만, 그 이면에는 비관적인 전망이 걷잡을 수 없이 빠른 속도로 번져갔습니다. 히틀러에게 반감을 가지고 있는 사람들은 두말할 나위가 없고 적개심이 없는 국민의 입에서도 탄식과 실망과 낙담의 말들이 쏟아져 나왔습니다.

"도대체 언제까지 전쟁을 계속해야 한다는 거야?"

그렇게 시간이 흘러가는 사이에 이집트에 대한 독일의 공격이 주춤거렸습니다. 롬멜 장군은 위험천만한 상황에 처했습니다. 그러나 이런 상황에서도 유럽 동부에서는 독일군의 진격이 계속되고 있었습니다. 앞으로 나아가는 것이기에 겉보기에는 성과를 얻었다고 말할 수도 있겠지요. 그러나 이 성과 역시 희생자들의 참혹한 죽음의 대가인 까닭에 이익을 얻은 것이라고 말할 수도 없게 되었습니다. 그러므로 우리는 독일 국민 사이에서 아직도 사라지지 않는 그 모든 낙관적 생각에 대해 경고하고자 합니다.

죽은 사람들이 몇이나 되는지 헤아려본 적이 있습니까? 히틀러와 괴벨스, 두 사람 중 아무도 죽은 사람의 숫자에는 관심이 없습니다. 러시아에서는 하루에 수천 명씩 죽어가고 있는데도 말입니다.

지금은 추수 때인가 봅니다. 벼를 베는 자는 주검의 알곡을 가득 실은 경운기를 타고서 잘 익은 죽음의 볏단 속을 누비고 있습니다. 아들을 잃은 '슬픔'이 귀향하듯 고향의 오두막집으로 찾아왔건만 그곳에는 어머니들의 눈물을 닦아줄 사람이 없습니다. 눈물은 마르지 않지만 히틀러는 거짓말로 그들을 기만하고 그들의 보석 같은 선善을 앗아갔으며 그들을 무의미한 죽음의 수렁 속에 빠뜨렸습니다.

히틀러의 입에서 나오는 모든 말은 한마디의 예외도 없이 거짓입니다. 그가 평화를 말하면 '평화'라는 명분으로 전쟁을 생각하는 것입니다. 그가 전지전능한 하느님의 이름을 부르면 '하느님'을 구실로 악마의 힘을 생각하는 것입니다. 타락한 천사인 사탄의 권세에 의지하는 것입니다. 그의 입은 악취가 진동하는 지옥의 아가리입니다. 그의 권력은 지옥의 밑바닥으로 던져진 타락한 힘입니다.

우리는 모든 합리적인 수단을 동원해 나치의 '테러 국가'에 맞서 싸우는 길을 열어야 합니다. 아직도 악마적인 권력의 실체에 대해 반신반의하는 독일 국민이 있다면, 그는 이 전쟁의 형이상학적 배경을 제대로 이해하지 못한 것입니다. 구체적인 것, 감각적으로 감지할 수 있는 것, 객관적이고 실제적인 것, 논리적인 사변의 뒤에는 비이성적이고 비합리적인 것이 잠복해 있습니다. 다시 말하면, 비이성적인 적그리스도의 전령에게 불복하는 투쟁이 필요합니다. 비합리적인 악마에 반대하는 싸움이 필요합니다.

모든 시대, 모든 장소마다 악마들은 어둠 속에서 잔뜩 몸을 웅크리고 시시각각 기회를 엿보았습니다. 그러다가 인간이 약해질 때, 하느님이 주신 자유에 기초를 두었던 정신적 자리에서 인간이 제멋대로 떠나버릴 때, 인간이 보다 높은 정신적 질서의 힘으로부터 벗어나서 악마의 억압에 굴복할 때, 처음에는 인간의 자유로운 의지에 따라 첫걸음을 내딛지만 두 걸음 세 걸음 옮길수록 점점 더 걷잡을 수 없이 빠른 속도로 악마의 힘에 끌려다니고 맙니다.

어느 장소, 어느 시대에서나 인간은 극심한 궁핍과 고난을 겪고 나서야 비로소 현실 상황을 깨닫게 됩니다. 그때마다 선지자들과 성직자들이 인간의 자유를 지켜주었고, 유일신唯一神이신 하느님께 이르는 길을 인간에게 가르쳐주었으며, 하느님의 도움을 받아 제자리로 돌아올 것을 인간에게 경고했습니다. 인간은 자유로운 존재이지만 하느님의 도움

없이는 악의 위력에 맞서지 못할 만큼 미약합니다. 인간은 바다의 풍랑 속에 내던져진 노 없는 배입니다. 인간은 어머니 없는 젖먹이입니다. 창공에 흩어지는 새털구름처럼 연약한 존재입니다.

나는 그리스도이신 주님께 이렇게 묻고 싶습니다. "주님의 최고선最高善을 지켜내기 위한 이 싸움에서 우리가 조금이라도 머뭇거리거나 악의 간계에 놀아나거나 희망 가운데 세웠던 굳은 결심이 흔들린다면 어느 누가 주님을 옹호하기 위해 무기를 들겠습니까? 우리가 잘 알고 있듯이 하느님께서는 이미 그리스도이신 주님께 악과 맞서 싸울 용기와 힘을 주시지 않았습니까?"라고 말입니다. 악의 힘이 가장 강력하게 활개치는 곳은 히틀러가 독재 권력을 휘두르는 바로 그곳임을 우리는 깨달아야 합니다. 《성경》의 〈잠언〉에서는 다음과 같이 말하고 있습니다.

나는 몸을 돌려 밝은 태양 밑에서 일어나는 온갖 불의를 보았다. 보라. 그곳에는 불의로 인해 고통을 당하면서도 다른 사람의 위로를 전혀 받지 못하는 자들의 눈물이 있었다.

그들에게 불의를 저지른 자들의 힘이 너무나 강한 까닭에 그들을 위로하는 사람이 있을 수 없었다. 그러므로 나는 아직 살아 있는 사람들보다는 이미 고통 속에서 죽어간 그들을 더욱 찬양했다.

우리는 '백장미단'이 외국 세력과 결탁하지 않았다는 것을 분명히 밝힙니다. 우리는 나치의 권력이 군사적으로 붕괴되어야 한다는 것을 잘 알고 있지만, 심각하게 손상된 독일 정신의 갱생을 외세의 개입 없이 독일의 내부로부터 이루어내고자 합니다.

그러나 독일 정신이 거듭나기 위해서는 먼저 이루어져야 할 일이 있습니다. 그것은 독일 민족이 저지른 모든 죄를 분명히 깨닫는 것입니다. 그리고 히틀러와 그를 도와주는 공범들, 나치 당원들, 매국노들에 대해 가차 없는 투쟁을 펼치는 것입니다.

독일 정신을 거듭나게 하는 전제 조건은 이 두 가지입니다. 나치와 가까운 관계를 맺고 있는 모든 사람과 그렇지 않은 선량한 사람들을 구분하는 선線을 확실하게 그어야 합니다.

지금 이 지상에는 히틀러와 그의 지지자들이 저지른 범죄를 마땅히 단죄할 만한 형법상의 처벌 조항이 없습니다. 그러나 우리는 전쟁이 끝난 뒤의 세월을 살아갈 미래 세대의 가슴에 엄연한 사실의 증표를 사랑의 마음으로 새겨주어야 합니다. 나치가 통치하던 그 시절에는 털끝만큼의 기쁨조차 느낄 수 없었다는 것을 말입니다.

이 독재 체제의 불한당들을 절대 잊지 마십시오! 그들의 이름을 기억의 비망록에 적어두십시오! 그들 중 단 한 명에게도 달아날 퇴로를 열어주면 안 됩니다. 이 끔찍한 사건들이 끝난 후 마지막 순간에 그들이 나치의 깃발을 새로운 깃발로 바꾸어 달면서 그 당시에 아무 짓도 하지 않은 것처럼 가장하는 것을 용납하지 말아야 합니다.

여러분을 안심시키기 위해 몇 마디만 덧붙여 말씀드리고 싶습니다. '백장미 전단'을 읽는 분들의 주소는 그 어디에도 활자로 남아 있지 않을 것입니다. 여러분의 주소는 주소록에서 무작위로 가져왔을 뿐입니다.

우리는 침묵하지 않을 것입니다. 불의에 분노한 여러분의 양심이 곧 우리이기 때문입니다. '백장미단'은 여러분과 함께 중단 없이 투쟁할 것입니다.

여러분! 이 전단을 최대한 많이 복사해 널리 전파해주십시오!

백장미 전단

V

동지들이여!

우리 민족은 스탈린그라드 전투에서 많은 독일인이 전사했다는 사실에 큰 충격을 받았습니다. 230만 명의 독일 남자들이 세계전쟁이라는 기발한 전략 때문에 아무런 의미 없이 무참히 죽고 파멸되었습니다.

독일인들은 심하게 동요하고 있습니다. 정치를 취미로 하는 아마추어들에게 우리 군인들의 운명을 계속 맡기고 싶습니까? 한 당파의 가장 비루한 권력 본능 때문에 남은 청년들이 모두 희생되도록 두겠습니까?

결코 그래서는 안 됩니다! 심판의 날이 다가왔습니다. 우리 민족이 지금까지 겪은 일 중 가장 비열한 폭정을 당한 독일 젊은이들에게 곧 정의의 심판이 내려질 것입니다.

우리는 모든 독일인의 이름으로 아돌프 히틀러의 국가에 요구합니다. 독일인에게 가장 귀중한 개인의 자유를 돌려주십시오! 히틀러는 가장 천박한 방식으로 우리를 속였습니다. 우리는 모든 표현의 자유에 대해 무자비하게 속박하는 나라에서 자랐습니다. 히틀러 유겐트HJ, 나치 돌격대원 SA, 나치 친위대SS라는 이름으로 우리 인생에서 배움이 가장 풍성하게 피어오를 시기에 우리에게 제복을 입히고, 우리를 혁명화하고 마취시키려고 했습니다.

나치의 세계관 교육은 우리 각자가 세워가야 할 자기 철학과 자존감의 숨통을 끊는 경멸스러운 방법이었습니다. 지도자 그룹은 사악하고 편협하다는 것 외에 달리 생각할 수 없는 이들로 구성되었습니다. 무신론적이고 뻔뻔스럽고 파렴치한 착취자와 살인자 소년들, 그리고 맹목적이고 어리석은 지도자들 중에서 미래의 당 우두머리가 세워졌습니다. 우리 '영혼의 일꾼들'은 이 새로운 계급의 통치자들을 이겨내야 합니다.

나치 교관들은 성희롱적 말로 여대생들을 공격했습니다. 독일 여대생들은 뮌헨대학교에서 모욕을 당하면서도 품위 있게 대응했으며, 독일 남학생들은 그런 여대생들을 적극적으로 지지했습니다. 이는 우리의 자발적이고 자치적인 투쟁의 시작입니다. 정신적인 가치가 없었다면 결코 해내지 못했을 일입니다. 앞장서서 본보기가 되어준 용감한 학우들에게 감사의 인사를 전합니다!

우리에게는 오직 하나의 구호만 있을 뿐입니다. 당파적인 것에 반대해 싸웁시다! 우리를 정치적으로 무능력하게 만드는 당파적 구분에서 벗어납시다! 나치 친위대와 당파에 아부하는 이들의 손아귀에서 벗어납시다!

우리는 순수한 학문과 진실한 영혼의 자유가 필요합니다. 어떤 협박도 우리를 굴복시킬 수 없습니다. 설령 대학문을 닫는다 해도 그렇습니다. 우리 모두 국가에 대한 올바른 책임감을 가지고 각자 싸워서 우리의 미래와 자유, 그리고 명예를 지켜냅시다.

자유와 영예! 이렇게 소중한 독일의 두 가지 가치를, 히틀러와 그의 일당들은 지난 10년간 짓밟고 더럽히고 진부하게 만들고 왜곡했습니다. 국가의 가장 소중한 가치를 욕보이는 호사가들처럼 말입니다. 그들은 지난 10년간 모든 물질적, 정신적 자유와 독일 민족의 모든 도덕적 실체를 파괴하며 자유와 명예에 대한 그들의 생각을 충분히 보여주었습니다. 그들이 독일의 자유와 명예라는 이름으로 유럽 전역에서 끔찍한 피의 향연을 벌여온 결과, 지금은 가장 어리석은 독일인조차 눈을 뜨고 있습니다.

독일 젊은이들이 일어나 이에 복수하고 또 속죄하지 않는다면, 독일이라는 이름은 영원히 더럽혀질 것입니다.

학우들이여! 독일 민족이 우리를 바라보고 있습니다! 1813년 나폴레옹이 몰락한 것처럼, 1943년에도 정신의 힘으로 국가사회주의의 테러가 멸망하기를 기대합니다. 스탈린그라드에서 죽은 이들이 우리에게 간청하고 있습니다!

"민족이여, 깨어납시다. 불꽃이 피어오르고 있습니다!"

우리 민족은 자유와 영예의 회복이라는 새로운 깃발 아래 국가사회주의가 유럽을 지배하는 것에 반대합니다.

여러분! 이 전단을 최대한 많이 복사해 널리 전파해주십시오!

독일 저항 운동의 선언문

모든 독일인에게 호소합니다!

전쟁은 종말을 향해 다가가고 있는 것이 확실합니다. 1918년의 상황과 마찬가지로 독일 정부는 점점 더 비중이 높아지는 'U보트'전戰에 온 신경을 집중하고 온 힘을 쏟아 부으려고 합니다. 유럽의 동부 전선에서는 독일 육군이 후퇴를 거듭하고 있고, 서부 전선에서는 오히려 연합군의 역습이 예상되고 있습니다. 미국 군대의 전력이 아직 최고의 수준에 이르지는 못했지만, 지금의 전시戰時 상황을 보면 독일군을 압도하고 있는 것만은 분명합니다.

히틀러는 수학상의 숫자에만 확실한 믿음을 부여하면서 독일 국민을 파멸의 밑바닥으로 몰고 갑니다. 히틀러는 전쟁에서 승리할 수 없습니다. 그가 할 수 있는 일은 기껏해야 전쟁 기간을 연장하는 것뿐입니다. 히틀러와 그를 지지하는 자들의 죄는 인간이 지을 수 있는 죄의 한도를 넘어버렸습니다. 마침내 그들의 죄에 합당한 처벌의 시간이 점점 더 가까이 다가오고 있습니다.

하지만 이런 상황에서 독일 국민은 무슨 일을 하고 있습니까? 독일 국민은 지금의 상황을 보지도 듣지도 않는다는 말입니까? 독일 국민은 그들을 미혹하는 지배자들을 맹목적으로 따라가며 멸망의 수렁 속으로 빨려들고 있습니다. 여러분의 깃발에는 "어떤 값을 치르더라도 꼭 승리하자."라는 글귀가 쓰여 있습니다. "마지막 한 사람이 남을 때까지 나는 싸움을 포기하지 않는다."라고 히틀러는 입버릇처럼 말하지만, 그는 이미 전쟁에서 패한 것이나 다름없습니다.

독일인들이여! 여러분과 여러분의 아이들이 유대인들과 똑같은 운명을 감수하기를 원하십니까? 여러분이 미혹한 지배자들과 똑같이 사악한 무리로 취급받는 것을 바라십니까? 우리는 세상 사람들로부터 영원히 미움받고 배척받는 국민이 되어야 합니까?

안 됩니다. 결코 그렇게 되어서는 안 됩니다. 여러분도 그것을 원하지 않는다면 '하등 인간'으로 취급받는 저 '국가사회주의자'들과는 다르다는 것을 보여주십시오! 여러분이 그들과는 다르게 생각한다는 것을 여러분의 행동을 통해 실제로 증명해주십시오!

새로운 해방전쟁이 시작되었습니다. 악에 물들지 않은 수많은 국민이 우리와 힘을 합해 싸우고 있습니다. 여러분의 마음을 우둔하게 두르고 있는 외투를 갈기갈기 찢어버리십시오! 더 늦기 전에 결연히 결심하십시오! 나치의 그럴듯한 선전을 믿지 마십시오! 진정한 '사회주의'가 아니라 '사회주의'의 환상을 여러분의 몸속 마디마디에 심어놓으려는 나치의 선전에 속지 마십시오! '국가사회주의'의 승리가 곧 독일의 구원과 번영을 가져올 것이라는 저들의 주장을 믿지 마십시오!

그들의 범죄는 독일에 결코 승리를 안겨줄 수 없습니다.

'국가사회주의', 즉 나치즘과 관련된 모든 것들과 더 늦기 전에 결별하십시오! 끝내 결심하지 못하고 비겁하게 숨어 지내는 자들에게는 머지않아 소름 끼치도록 무섭고 정당한 심판이 임할 것입니다.

한 나라에만 제한된 전쟁이 아니라 세계대전으로 확대된 이 전쟁의 종결로부터 우리는 무엇을 배우게 될까요?

제국주의적 권력을 옹호하는 사상은 어떤 근거를 가졌건 더 이상 인류에게 해를 입히지 않도록 영원히 사라져야 합니다. 패권霸權에만 집착했던 프로이센의 군국주의는 두 번 다시 권력을 거머쥐어서는 안 됩니다.

유럽에 살고 있는 여러 민족이 넓은 아량으로 협력할 때 유럽을 재건할 수 있는 토대가 형성될 수 있습니다. 프로이센을 비롯한 유럽의 여러 국가가 행사하고자 했던 중앙집권적 권력은 싹이 나올 때부터 뿌리째 뽑아버려야 합니다.

다가오는 미래의 독일은 연방제가 아니고서는 갱생할 수 없습니다. 오늘날 쇠약해진 유럽의 몸속에 새로운 생명을 가득 채울 수 있는 힘은 건강한 연방제의 국가 질서에서 나오는 것입니다. 노동자들은 '국가사회주의'가 아닌 이성적인

'사회주의'를 통해 밑바닥의 노예 상태에서 벗어나야 합니다. 자급자족적인 경제의 망상은 유럽에서 사라져야 합니다. 어떤 민족, 어떤 개인이든 전 세계와 전 인류의 유익을 옹호할 권리를 가지고 있습니다.

사상을 말할 수 있는 자유, 견해를 고백할 수 있는 자유, 제멋대로 정치하는 범죄적 권력 국가로부터 시민을 보호하는 일, 새로운 유럽을 건설하는 기본 토대가 바로 그것입니다.

독일인들이여! 저항 운동을 지지해주십시오! 이 전단들을 배포해주십시오!

토마스 만 연설문

독일 청취자들에게 고함!

유럽인들에게 존경의 인사를 보냅니다! 그리고 지금 이 순간 낯설게 느껴질 수도 있겠지만, 독일 국민에게도 존경과 동감을 보냅니다. 최근 연합국들 사이에서 독일인과 나치스트를 구분해서는 안 되고 독일적인 것과 나치즘은 동일한 것이라는 주장이 이따금 등장하고 있습니다.

그러나 이는 한낱 가십에 불과하며 영향력이 대단한 일도 아닙니다. 반대로 아주 수많은 진실이 밝혀지고 있습니다.

독일은 저항했고 다른 국가들과 마찬가지로 계속해서 반격하고 있습니다.

지금 세상은 뮌헨대학교의 선구자들에 의해 심하게 요동치고 있으며 이 사실은 스위스사람들과 스위스 신문들을 통해 퍼지고 있습니다. 처음엔 막연한 이야기들만 들려왔으나 이제는 점점 더 세부적인 사항들까지 정확히 알려지고 있습니다.

이제 우리는 스탈린그라드에서 살아남은 한스 숄과 그의 누이 소피 숄, 크리스토프 프롭스트, 후버 교수 및 다른 많은 이들에 대해 알게 되었습니다.

부활절에 대강당에서 나치 지도층의 파렴치한 연설에 반대해 일어난 학생들의 반란, 손도끼(나치를 상징하는)에 의해 순교당한 젊은이들, 독일의 자유 정신을 수년간 더럽힌 문헌들을 알리는 지라시에 대해서도 알게 되었습니다. 그렇습니다. 그들은 슬퍼했습니다. 독일 젊은이들(이제 막 젊은이가 된)의 감수성은 나치스트들의 거짓 혁명에 슬퍼했습니다.

독일 젊은이들은 이제 눈을 떴습니다. 자신의 젊음을 인지하고, 독일의 영예를 위해 기꺼이 그 젊음을 바치고 있습니다.

그들은 나치 법정에 서서, 죽음 앞에서 이렇게 외칩니다.

"내가 지금 서 있는 곳에 당신들도 곧 서게 될 것이다!"

자유와 영예에 대한 새로운 믿음이 점점 싹트고 있습니다.

용감하고 찬란한 이들이여! 그대들은 죽은 것이 아니며 잊히지도 않을 것입니다. 나치는 독일에 더러운 망나니와 무자비한 킬러들의 동상을 세웠습니다. 지금은 독일과 유럽에 어둠이 드리웠지만, 진정한 독일의 혁명이 그것들을 무너뜨리고 그 자리에 그대들이 알고 선포했던 이름들을 영원히 세울 것입니다.

"자유와 영예에 대한 새로운 믿음이 싹트고 있습니다."

1943년 5월

영국 BBC 정규 라디오 방송

역자 해설

  잉게 숄의 실명소설實名小說《백장미》는 한 명의 독문학자와 한 명의 번역가에 의해 각각《백장미의 수기》,《아무도 미워하지 않는 자의 죽음》이라는 제목으로 번역, 출간되었다.

  《백장미의 수기》는 독문학자가 번역한 작품답지 않게 원문을 수십 군데 누락시켰고, 무수한 오역誤譯을 범했다. 인명, 지명, 학술 용어 들도 잘못 표기한 것이 많았다. 독문학을 전공하지 않은 번역가가 옮긴《아무도 미워하지 않는 자의 죽음》은 앞서 출간된《백장미의 수기》를 거의 베끼다시피 했다. 그래서 누락된 부분, 오역된 부분, 인명, 지명, 학술 용어의 오기誤記 등이 대부분 일치한다.

이는 있어서는 안 될 불상사이며, 잉게 숄의 원작 소설을 모독한 행위라고 생각한다.

나는 이 번역서에서 잉게 숄의 원작을 가능한 한 오역誤譯 없이 번역하고, 원문을 누락시키지 않으며, 인명과 지명과 학술 용어의 정확성을 재생하는 윤리를 철저히 지키고자 최선을 다했다. 그렇게 탄생한 번역이 이 책《아무도 미워하지 않는 자의 죽음》이다.

잘못된 번역 문화가 남긴 상처를 치유하고, 원작의 내용을 충실하게 재생하는 것이 '백장미단'의 정신적 유산을 계승할 수 있는 자격 조건이자 소설《백장미》를 대한민국의 독자에게 소개할 수 있는 인증 코드라고 생각한다.

또한 기존의 번역물이 전혀 살려내지 못했던 원작 소설의 문학성과 예술성을 재생하고자 최선을 다했다. 잉게 숄의 언어가 지닌 내용적 의미와 음향, 리듬, 비유, 대구對句, 수사修辭 등의 예술 형식을 조화시켜 보았다. 번역학飜譯學의 대가 레비Jiří Levý의 말처럼 '문학적 번역'과 '재생산적 예술'의 완성도를 높이기 위해 노력했다.

잉게 숄의 실명소설《백장미》는 옳지 않은 정치 체제

에 맞서서 개인의 '자유'와 '인권'을 옹호하는 '저항'이 민주사회를 지탱하는 기본적 생활윤리임을 일깨워준다. 소설의 주인공인 한스 숄, 소피 숄 남매와 그들의 뮌헨 대학교 학우들이 펼친 정치적 '저항 운동'으로부터 독자들은 무엇을 배울 수 있을까? '인간'은 그 어떤 이유로도 특정한 목적을 위한 도구나 수단으로 이용될 수 없는 존재임을 깨닫는 것이야말로 이 소설에서 수확할 수 있는 가장 큰 정신적 열매가 아닐까?

언제쯤이면 그날이 올까요? 평범하게 살아가는 수백만 시민들의 작은 행복보다 더 중요한 것은 없다는 사실을 이 나라는 언제쯤 깨닫게 될까요? 언제쯤이면 이 나라가 모든 사람의 인생과 소박한 일상을 망각해버리는 이념들로부터 해방될 수 있을까요? 눈에 띄진 않는다 해도 개인과 민족을 위해 평화를 수호하려는 노력의 발걸음이 무력으로 전쟁에서 승리를 거두는 것보다 더 위대한 일임을 이 나라는 언제쯤 알게 될까요?

– p.103

무엇보다도 한스 숄, 소피 숄, 크리스토프 프롭스트, 알렉산더 슈모렐, 빌리 그라프, 쿠르트 후버 교수 등 백장미단의 멤버가 임마누엘 칸트Immanuel Kant의 '정언명령'과 그에게서 영향을 받은 프리드리히 쉴러Friedrich Schiller의 도덕철학을 '저항'의 논리적 근거로 제시하고 있다는 점이 지적인 감동과 아름다운 설득력을 안겨준다.

가장 숭고한 '목적' 그 자체인 '인간'과 '인간'이 지닌 존엄성을 지켜내기 위해 히틀러의 나치 체제에 '저항'해야만 한다는 '정언명령'에 의한 자발적 '저항'이여!

털끝만큼의 물리적 폭력도 행하지 않고 오직 백장미전단의 '저항' 메시지만을 정의正義 실현의 매체로 삼았던 그들의 '인간적인 너무나 인간적인' 이성적理性的 투쟁과 정열적 '저항'에 경의를 표한다.

전쟁터와 야전병원에서 겪은 일들이 한스와 친구들을 더욱 성숙하고 강인하게 바꿔놓았습니다. 그 체험은 두려운 파멸의 수렁 속으로 빠져들고 있는 이 나라에 저항할 수밖에 없다는 필연성을 더욱 절실하고 극명하게 느끼게 해주었습니다. 한스와 친구들은 전쟁터와 야전병원에서 사람의 생명이 장난감 취급을 받고 수없이 학살되고 버려지는 것을 똑똑히 보았습니다. 사람의 생명이 이렇게 위협받는 현실에 직면해 있다면 차라리 하늘을 향해 아우성치는 저 불의不義에 맞서 생명을 걸고 싸우는 것이 옳은 일이 아닐까요?

이제 그들은 고향에 돌아왔습니다. 러시아로 떠나기 전날 저녁 그들이 뜻을 모았던 그 결심을 이제는 진지하게 실천할 때가 된 것입니다.

– p. 104

그들의 마음속에서 지금 그들이 하는 일이 옳다는 소리가 들려오고 있었습니다. 그들이 이 세상에 홀로 외로이 서 있다 해도 옳은 일을 반드시 해야만 한다는 마음의 소리였습니다. 그런 시간에 그들은 어린 시절부터 마음속으로 더듬으며 찾아왔던 하느님과 자유롭게 대화를 나눌 수 있었을 것입니다. 그 순간에는 하느님이 그들의 특별하고 위대한 형제가 되어주었습니다. 그들에게는 죽음보다 더 가까이에 있는 형제가 그리스도였습니다.

그들에게는 되돌아가는 길이 허락되지 않았습니다. 수많은 질문에 대해 명쾌한 해답을 줄 수 있는 것만이 진리였고, 자유로 충만한 삶만이 진정한 삶이었습니다.

- p. 107

백장미단의 저항 운동은 인간을 위한 '정의正義'와 인간을 향한 '사랑'이 없다면 '자유'와 '진리'를 옹호할 명분도 없다는 것을 영원한 정신적 유산으로 우리에게 물려주고 있다. 이 소설을 한국어로 옮긴 본인도 인종, 민족, 국적, 문화권, 환경을 초월해 그들의 정신적 유산을 계승했음을 기쁜 마음으로 고백하고 싶다.

아무도 미워하지 않는 자의 죽음

지은이 | 잉게 숄
옮긴이 | 송용구

발행처 | 도서출판 평단
발행인 | 최석두
신고번호 | 제2015-000132호
신고연월일 | 1988년 07월 06일

개정판 1쇄 발행 | 2021년 02월 20일
개정판 5쇄 발행 | 2025년 01월 15일

주소 | (10594) 경기도 고양시 덕양구 통일로 140 삼송테크노밸리 A동 351호
전화번호 | (02)325-8144(代)
팩스번호 | (02)325-8143
이메일 | pyongdan@daum.net

ISBN 978-89-7343-528-9 (03850)